幻想古書店で珈琲を

賢者たちの秘密

蒼月海里

ハルキ文庫

角川春樹事務所

本書はハルキ文庫の書き下ろし作品です。

幻想古書店で珈琲を

賢者たちの秘密

I'll have coffee at
an illusion old bookstore.
Kairi Aotsuki

人物紹介

亜門《あもん》

古書店「止まり木」の店主。
本や人との「縁《えん》」を紡ぐ。
魔法使いを自称する悪魔。

名取 司《なとりつかさ》

ひょんなことから不思議な
古書店『止まり木』で働く
ことになる。

コバルト

鮮やかな青髪で、
派手な身なり。
亜門と同じ魔法使い？

アザリア
強大な力を持つ「大天使ラファエル」。風音の上司。
三谷太一《みたにたいち》
新刊書店で働くアルバイト書店員。司の友人。
風音《かざね》
ノルマを気にしすぎる天使。トーキョー支部所属、階級は「エンジェル」。

イラスト／六七質

珈琲《コーヒー》の香りがふんわりと漂っている。

木で造られた店内は、本棚で満たされていた。収まり切らずに溢《あふ》れた本は床や机に積まれ、本の森となっている。その奥にはカウンターがあり、実験器具のようなサイフォンや、コーヒーミルなどが並べられていた。

店の奥には、若い紳士がいた。珈琲によく似た色の髪をきっちりと撫《な》でつけ、上等なスーツをまとっている。眼鏡の奥の眼差《まなざ》しは穏やかで、本の森の賢者のようだった。

革のソファに座っている彼のすぐ近くの席には、派手な身なりの青年がいた。髪は鮮やかな青色で、服にはふんだんにレースやフリルがついている。被《かぶ》っているシルクハットにも、過剰なほどの装飾が施されていた。

「なあ、アモン。幸せって、なんだと思う？」

「何ですか、コバルト殿。藪《やぶ》から棒に」

コーヒーカップを傾けながら、亜門《あもん》は答える。コバルトは、手にしていた絵本を眺めながら、こう言った。

「『こうして、誰某《だれそれ》と誰某は幸せに暮らしましたとさ。めでたしめでたし』と締める物語があるだろう？　しかし、一言で幸せと言っても、色々あるじゃないか」

不満そうに口を尖《とが》らせるコバルトに、亜門は告げる。

「コバルト殿は、もう、答えをご存知ではありませんか」

「ん？」

「幸せの形は、ひとそれぞれ。願い事が叶《かな》ったり、裕福になったり、健康になったり、家族を得たり。兎《と》に角《かく》、ひとの数ほど存在します。あなたが最良のエンディングだと思うものを想像すればいいのです」

「ああ。想像の余地を残すために、わざとぼかしているんだな！　それならば結構！」

「そう思えば、物語も更に楽しめましょう」

亜門はそう微笑《ほほえ》む。

「それにしても、幸せの形がみんな同じだったらどうなるのだろうな。価値観が違うから諍《いさか》いが起こるというし、揉《も》め事なんてなくなるんだろうか」

「……それは、どうでしょうかな。揉め事は減るかもしれませんが、ひどく味気のない世界になりそうですぞ」

珈琲の湯気が天井へと昇る。

「その通りだな。そんな世界、俺もごめんだね！」と、コバルトは大袈裟《おおげさ》に肩をすくめたのであった。

第一話　司、亜門とかつての自分を振り返る

最近、朝はめっきり冷え込むようになっていた。落ち葉を踏みしめる音を聞くと、秋も随分と深まったと思う。

ひんやりとした指先を摩《さす》りながら新刊書店に入ると、程よい暖かさが私を迎えてくれた。四階に上がり、〝止まり木〟を目指す。木の扉を開く頃には、身体《からだ》はもう温まっていた。

「おはようございます……」

遠慮がちに、奥へ声をかける。何回訪れても、この癖は抜けない。

「お早う御座います。お待ちしておりましたぞ」

奥から店主の声が返って来た。

心地よい珈琲《コーヒー》の香りをめいっぱいに吸い込み、木の虚《うろ》の中に拵《こしら》えられたような店内へと足を踏み入れる。壁はどこもかしこも本棚になっていて、本がみっしりと詰まっている。床の至るところにも本が積まれており、正しく、本の森と呼ぶに相応《ふさわ》しかった。

「外は、随分と冷えているようですな?」

本の森の中から、賢者が現れる。

珈琲に似た色の髪をきっちりと整えた、長身の立派な紳士だ。銀縁の眼鏡の奥にある双《そう》眸《ぼう》は、理知的でいて穏やかだが、猛禽《もうきん》の鋭さと凛々《りり》しさを兼ね備えていた。

この古書店の店主、亜門《あもん》である。

今は人間の姿をしているが、その正体は悪魔であり、地獄帝国の大侯爵なのだという。

「どうです。珈琲でも淹《い》れましょうか？」

こちらを見つめる眼差《まなざ》しは優しい。やはり、仰々《ぎょうぎょう》しい肩書きは似合わない。

「魅力的な提案ですけど、お客さんが来たらいけないので……」

「では、あなたは客のふりをすれば良いのです」

「良いのです、じゃないですよ。従業員をそんな風に甘やかさないでください」

「おっと。従業員に叱《しか》られてしまうとは、これは、一本取られましたな」

亜門がくすりと微笑《ほほえ》む。私も、つられて笑った。

「屋内が暖かかったんで、だいぶ温まりましたよ」

安心してください。と、コートを脱ぐ。

すると、亜門が手を差し伸べた。

「こちらに頂けますかな？　クロークにかけて来ますので」

「えっ、いいですよ。安物のコートですし、バッグと一緒に荷物入れに突っ込んで」

「それはいけませんな。紳士たるもの、身だしなみに気を配らなくては」

頭の先から爪先まで、一糸乱れぬ紳士は、そう言った。

「で、でも」

亜門の身なりと自分の身なりを見比べる。私も最小限の気配りをしているつもりだが、彼の前では、やけにみすぼらしく見えてしまう。

亜門は恐らく、名の知れているブランドの服をまとっているのだろう。彼の立派な姿によく似合う。しかし、私が着ているのは、庶民に優しい価格で売られている、シンプルなデザインの地味な服だ。

「司君《つかさ》。値段は問題ではありませんぞ」

安物の、という発言に対して、亜門が言った。

「こういったものは、気の持ちようです。自身が大切にしようと思えば、その服の値段が幾らだとしても、光り輝いて見えるものなのです」

「……そういう、ものですかね」

「そういうものです」

亜門はきっぱりと言った。

しばらく、自分の安物のコートを見つめる。私にぞんざいに扱われていたコートは、不《ふ》貞腐《てくさ》れているようにも見えた。

「……それじゃあ、お願い出来ますか？」

「勿論《もちろん》。お任せください」

亜門は私のコートを受け取ると、店の奥へと消えて行った。

店の中は、私一人になる。膨大な本に囲まれる中、珈琲の芳香だけが、亜門がそこにいたことを示すかのように残っていた。

鞄《かばん》を指定の棚に入れ、エプロンをして従業員の格好になる。

店の奥にはカウンターがあり、サイフォンやコーヒーミルなどが並べられていた。カウンターの向こうには、展覧会かと思うくらいにコーヒーカップが並べられている。中には、アンティークの品も随分と混じっているそうだ。

ややあって、亜門が奥の方から戻って来た。

「そう言えば、店の奥はどうなってるんですか？」

私は足を踏み入れたことがない。私の仕事も用事も、この店の中で完結してしまうのだ。

「書庫と居住スペースがありますな」

「あっ、居住スペースなんてあるんですね」

「私も人並みの生活を営んでおりますからな」

亜門の言う、人並みというのはどの辺りの基準なのかが分からない。

「身だしなみを整えたり、眠ったりするのはそちらです」

「亜門も眠るんですね……」

「身体が人間に近いものですからな。或《あ》る程度の休息が必要なのです」

「コバルトさんも、眠るようなことを言ってましたけど」

彼の友人たるコバルトは、亜門のように人間に近づいてしまったわけではない。依然として、魔の領域に足を踏み入れることが出来る、現役の魔神のはずだ。

「彼の睡眠は、趣向的な意味合いもあるのでしょうな。他にも、無駄なエネルギーを使わないために眠るものもおりますが……」

「コバルトさんは、普段から無駄なエネルギーを使いまくってますしね……」

「ええ、まったくその通りですな……」

私の言葉に、亜門は沈痛な面持ちで頷《うなず》いた。

「コバルトさんはともかく、亜門が僕らとあまり変わらない生活をしてると知って、何だか安心しました」

「おや、何故《なぜ》です？」

「あなたが、そんなに遠くない気がして」

気がするだけかもしれないけれど、距離が縮まったようで、単純に嬉《うれ》しかった。

亜門は、黙って私のことを見つめていた。その沈黙に緊張するものの、やがて、彼はくすりと笑った。

「それは、何よりですな」

「喜んで頂けたみたいで、こっちも何よりです……」と思わず、胸を撫《な》で下ろす。

「どうしたのです。そんなに安堵《あんど》したような顔をして」

「あなたの沈黙は心臓に悪いんですよ。また、傷つけるようなことを言ったかと思ったじゃないですか」

「これは失礼を。近しい存在と思われたことに感激していたのですが」

「口にして下さいよ、口に。良いことは口にすればするだけ、良いって言いますし」

「これは、長年の間にしみついてしまった癖のようでしてな。まあ、善処はしましょう」

亜門は苦笑した。

「コバルトさんくらい、表情がくるくる変われば分かり易《やす》いんですけど」

言ってから、はっと口を噤《つぐ》んだ。

果たして、本当にそうだろうか。彼もまた、ふと、表情を消すことがあった気がする。

私の沈黙の意味に気付いたのか、亜門は静かに頷いた。

「あの方もまた、秘め事を抱える方ですからな。自身の苦悩などは、まず、私以外に打ち明けませんし」

「それでも、亜門には打ち明けるんですね」

「長い付き合いですからな」

きっと、気の遠くなるほど長い年月をともに過ごしてきたんだろう。

そこまでお互いのことを知っているのは、少し羨《うら》ましい。私も早く、亜門の沈黙の意味が読み取れるようになりたいものだ。

「と言うか、コバルトさんにもちゃんと悩みがあるんですね……」

失礼と思いながらも、つい、口にしてしまう。

「ええ。彼は悩み多きものです。私が割り切ってしまったところを、彼は未《いま》だに割り切れずにいますからな」

「……僕が、少しでも力になれればいいんですけど」

その言葉に、亜門が目を丸くする。

「あっ、僕、変なことを言いました？」

「いえ……。我が友人のことを考えてくれて、有り難いと思ったのです」

「無茶苦茶なひとですけど、悪いひとじゃないですし……」

「ふっ、無茶苦茶というのは否定しかねますな」

亜門はそう言って笑った。

「司君のお気遣い、コバルト殿に代わってお礼申し上げます。彼にも伝えておきましょう」

「えっ、いいですよ。恥ずかしいですし」

「いいえ。喜べることというのは、一つでも多い方がいいのです」

そう言って、亜門は片目をつぶった。

そんな時、ギィと扉の蝶番《ちょうつがい》が軋《きし》む音がした。入り口の扉が開いたのだ。

見ると、そこから眉尻《まゆじり》をこれでもかというほどに下げた男性が顔を覗《のぞ》かせる。

「あの……準備中でしょうか」

「い、いえいえ！　いらっしゃいませ！」

私は慌てて姿勢を正し、現れた客に深々とお辞儀をする。

「お客様ですかな。どうぞ、お入りください」

亜門は堂々たる態度で、客を迎え入れる。

すると、男性は足を引きずるようにして、のろのろと店内に入る。その目は虚《うつ》ろで、焦点が定まっていない。血色も悪く、生きている人間かも危うい。

私が手近な席を勧めると、男性は糸の切れたマリオネットみたいに、力なく腰を下ろした。

「あの、大丈夫ですか……？」

そう聞かずにはいられない。

すると、男性はぎゅるんとこちらに顔を向ける。振り乱れた髪が頬《ほお》に張り付き、ホラー映画にでも出て来そうな雰囲気になっていた。

「大丈夫じゃ、ないですよ……」

「お話なら、我々が聞きますぞ」

いつの間にかカウンターの方に移動していた亜門が、奥から声をかける。

「こ、婚約者が……」

「婚約者が？」

私は問い返す。亜門は、珈琲豆を選ぼうとする手を止めた。

「婚約者が、婚約を破棄するなんて言うんです。ああ、私は世界で一番不幸な男だ……」

語尾は消え入りそうだった。男性はテーブルに突っ伏して、おんおんと泣き始める。

「婚約破棄、ですか……」

亜門はカウンターの向こうで繰り返す。珈琲豆選びを再開した彼は、心底複雑な表情をしていたのであった。


男性は和泉真人《いずみまさと》といった。表情のせいで随分と老け込んで見えたが、私よりも少し年上なぐらいで、まだ若かった。

和泉は、つい先日、会社をリストラされてしまったのだという。彼自身に問題があったというわけではなく、経営が悪化していたためだった。

そこで、婚約者からも婚約破棄を申し立てられたのだという。正に、泣きっ面に蜂《はち》だった。

そんな話を、亜門はじっくりと聞いていた。二人の間に、淹れたての珈琲のほろ苦い芳香が漂う。

「私の人生はもう、絶望的です。いっそのこと、死んでしまおうかと思いまして……」

「それはいけませんな」

和泉の向かい席で、亜門は間髪を容《い》れずにそう言った。

「死んでしまっては、全《すべ》てが終わってしまいます。生きていれば、挽回《ばんかい》も出来ましょう」

「で、でも、会社にも見放され、婚約者にも見放され、私に何が残っているというんです！」

和泉は血走った目で訴える。

確かに、状況は非常に悪い。

でも、会社自体はまだ残っているわけだし、一年以上働いているので、失業給付も受けられる。それに、婚約破棄を申し立てられたとはいえ、婚約者が亡くなったわけでもない。

会社に逃げられた独身男よりも、状況は悪くない。勿論、その独身男とは私のことだ。

「あなたにはまだ、健康な身体と若さが残されております。それに、愛する婚約者も」

「でも、その縁も失われようとしているのに……。彼女がいなくなったら、きっと、私の健康も失われてしまう」

世界が終わったかのような表情で、和泉は珈琲に映った自分の顔を見つめる。

「まあ、珈琲でも飲んでじっくりと落ち着いて下され。そして、あなたの本を見せて頂けると有り難いのですが」

亜門はメニューの一文を見やる。そこには、『代償として、あなたの物語をお見せ下さい』と書かれていた。

亜門は魔神だが、魔法使いを自称している。彼は魔法の力で、他人の人生を本にすることが出来るのだ。

しかし、和泉の目には、そんな魔術めいた一文は映っていなかった。着ていたジャケットのポケットを探り、文庫本を取り出す。

「これです。どうぞ」

「は……？」

亜門は眼鏡の奥で、目を瞬かせる。

我々は顔を見合わせた。このパターンは二度目だ。以前も、絵本作家を目指す青年である玉置《たまき》に、同じような勘違いをされた。物語とは、その人物の人生ではなく、その人物が描いていたり持っていたりする本のことを指していると思われたのだ。

「……ほう。これが、あなたの持っている物語ですか」

軽く咳払《せきばら》いをし、亜門は取り繕《つくろ》った。尤《もっと》もらしい顔で、和泉から文庫本を受け取る。

「ふむ。男性がこの物語をお持ちとは。珍しいですな」

「どんな本なんですか？」

話を後ろで聞いていた私は、好奇心を隠せなかった。亜門は「どうぞ」と私に見せてくれる。和泉が止めようとしないので、それに甘んじることにした。

和泉の持っていた本は、〝あしながおじさん〟だった。

確かこの話は、世界名作劇場のような企画でアニメになっていたような気がする。募金の名前にも使われていたはずだ。しかし、残念ながら、物語を読んだことはない。亜門が暗に言うように、女子が好んで読むものだと思っていたからだ。

「彼女が、ダイニングのテーブルに置いていったんです」

「成程、婚約者のものですか」

亜門も私も合点がいった。しかし、その相槌《あいづち》に、和泉の表情が更に暗くなる。

「はい。彼女はその本をダイニングのテーブルに置いて、姿を消してしまったんです……」

「なんと……」

亜門は、手で顔を覆った。

「それで、あなたは彼女を探したのですか？」

「いいえ……」

「何故？」

「……怖かったんです」

和泉は、声を振り絞るように言った。

「この本は、彼女の蔵書でした。本棚に収まっていたのを見たことがあったので。しかし、それをわざわざダイニングのテーブルに置くということは、何か、意味があると思って」

「その意味を、考えていたのですかな?」

和泉は、消え入りそうな声で「はい」と頷いた。

「確かに、この本が彼女の書き置き代わりである可能性は高いですな。この物語の内容は、ご存知ですかな?」

「……一応、目を通しました」

「ふむ……」

和泉は、今にも途絶えそうな声で、〝あしながおじさん〟の内容を述べる。それは、こういったものだった。

主人公のジュディは、孤児院で育った女の子だった。しかし、ある日、〝あしながおじさん〟と彼女が名付けた匿名の人物の援助により、大学に通えるようになった。孤児院という閉ざされた社会の中で育った彼女は、新しい発見に胸を躍らせ、感性が豊かになり、自立した女性になっていく。

しかし、〝あしながおじさん〟がどんな人物なのかは、ジュディにはサッパリ分からない。なぜなら、〝あしながおじさん〟とは顔を合わせたことがなく、交流の手段は手紙のやり取りだけだった。しかも、その殆《ほとん》どが、ジュディから送るだけの一方通行だったのである。

物語が進むうちに、ジュディはある貴族の男性に惹《ひ》かれていく。〝あしながおじさん〟への想《おも》いや、その男性への想い、そして、自身の出生について、ジュディは彼是《あれこれ》と葛藤《かっとう》する。孤児院育ちで出生不明である自分は、その男性に相応しくないのではないかと想い悩み、意を決して〝あしながおじさん〟に相談する。

だが、〝あしながおじさん〟の正体こそ、実はその男性だったのだ。彼は既にジュディの全てを知っていて、全てを受け入れていた。二人は本当の家族となり、相思相愛のハッピーエンドで締めくくられる。

愛とロマンスに満ちた、良い意味で女性らしい物語だった。

「なんというか、少女漫画みたいな話ですね。と言っても、少女漫画は読んだことないですけど……」

「そう、少女漫画みたいな話ですよね……」

和泉は深い溜息《ためいき》を吐《つ》いた。

「彼女は、こういう恋をしたかったのではないかと思ったんです。でも、私には、あしながおじさんのような甲斐性《かいしょう》がないし、ロマンスだって碌《ろく》に味わわせてやれない……。そう思うと、彼女を連れ戻す資格もないと思いまして……」

「彼女とは、どのように出会ったのですか？」

「大学のバードウォッチング会で。ただの交流目的で何の気なしに入ったサークルだったんですけど、明るく潑剌《はつらつ》とした彼女がとても魅力的で……。気付いた時には、交際を申し込んでいました」

彼女も和泉のことを気に入り、二人は付き合い始めたのだという。交際は順調そのもので、同棲《どうせい》もしていたらしい。そして、来年には結婚しようという話をしていたそうだ。

「ふむ。短い付き合いというわけではなさそうですな。その中で、やはり、ロマンスを求めていた節があったのですかな？」

「ええ。彼女はロマンチックな女性でした。そして、好奇心旺盛《おうせい》で知的でもあったんです。鳥の鳴き声だけで、それが何の鳥か分かりましたしね。私が、みんな同じに聞こえると言ったら、彼女は『鳥によって歌い方が違うの。春を喜ぶような歌い方はメジロ、友達とお喋《しゃべ》りをするように歌うのがシジュウカラよ』なんて言って」

和泉はくすりと笑った。しかし、その笑顔もすぐに萎《しぼ》んでしまった。

「今思えば、私は魅力的なところばかりを追い続け、彼女の胸に秘めたものを何も理解していなかったのかもしれません。彼女に与えられることに甘えてしまって、理解者になろうともしていなかった……」

和泉は洟《はな》を啜《すす》った。両目は涙で濡《ぬ》れている。亜門が、そっとハンカチを差し出した。

「どうぞ、お使いください」

「す、すいません」

亜門のハンカチで、和泉は目頭を押さえる。

「みっともないところを見せてしまいましたね……」

「いいえ。いずれ伴侶《はんりょ》になる約束をした方が失われたというのなら、仕方のないことです」

「……もしかして、あなたも？」

妙に実感の籠《こも》った言葉に、和泉は疑問符を浮かべる。亜門は言葉に詰まった。

「それは……」

「和泉さん、珈琲が冷めないうちにお飲み下さい。きっと、心が落ち着きますよ」

とっさに口を挟む。

和泉は、「あっ、そうですね」と慌ててカップに手を伸ばした。

亜門が、こちらに視線をくれる。「礼を言いますぞ」と言われたような気がして、こちらも目礼を返した。

「おいしいですね……」

珈琲を口にした和泉は、ほっと息を吐く。

「少しだけ、冷静になれました。何とかして、彼女に満足して貰《もら》えるように出来ないか、頑張ってみます。……その、次の就職先を見つけるとか」

「そうですな。しかし、焦りは禁物ですぞ。あまり眠っていないようですし、休息を取られてはいかがでしょう」

和泉の目の下にはクマがあった。頬もこけて見えるし、疲弊しているのは明らかだった。

「いいえ。そんなことをしていたら、本当に取り返しがつかなくなりそうですし……」

「急がば回れというのですがね」

「それは、分かってますけど……」

和泉はうつむく。

そんな彼に、亜門は〝あしながおじさん〟をそっと差し出した。

「こちらはお返ししましょう。あなたの愛しい方の本ですからな」

「あ、はい」

「それにしても、本の最後をご覧になられましたかな。奥付というのですが、出版社や出版された年が書かれているのです」

「いいえ……」

和泉は本を受け取り、奥付を覗いてみる。

「その本が刷られたのが、十五年前でしたな。ずいぶんと読み込まれておりましたし、彼女のお気に入りの本だったのでしょう。そんな大事な本をダイニングに置きっ放しにして出て行くとは、考え難いと思いませんか？」

「確かに……」

「彼女は戻ってくるおつもりなのでしょうな。ただし、条件があるのでしょう」

「じょ、条件？　それは……!?」

「その本の中に、まだまだヒントが隠されているはずです」

亜門はパチンと片目をつぶった。和泉はきょとんとして、亜門と本を見比べる。

「この中に……、ですか」

「あなたの物語もまた、そのジュディ嬢の物語のようにハッピーエンドにしたいものですからな。しばしお待ち頂ければ、この亜門、あなたに何か助言をして差し上げられるかもしれません」

「ぜ、是非！　よろしくお願いします！」

和泉はテーブルに手を突き、土下座をせんばかりの勢いで叫んだ。

「お任せください。では、少々お時間を頂けますかな。また夕刻にでも、こちらにご来店頂きたいのですが」

「分かりました！　有り難うございます……！」

「まだ、何もしておりませんからな。お礼は無事に解決してからにして下さい」

亜門は苦笑する。

その後、珈琲を飲み干した和泉は、何度も礼を言いながら帰って行った。扉が閉ざされると同時に、「さて」と亜門は気持ちを切り替える。

「由々しき事態のようですからな。出来るだけ早く、解決の糸口を探して差し上げなくては」

「そうですね。本当に婚約者がいなくなってしまったら、あの人、どうにかなってしまいそうですし」

「それに、女性をお待たせするわけにはいきませんからな」

亜門はきっぱりとそう言った。

「恐らく、彼女は彼の〝答え〟を待っているのでしょう。残して行った〝あしながおじさん〟に対する、彼の回答を」

「和泉さんを、試しているんですかね。いや、察して欲しいのかな」

「ふむ」と亜門は顎《あご》に手を当てる。私の見解を聞きたがっているようだった。

「その、ほら、僕もですけど、日本人って気持ちをハッキリ言うのが苦手なんですよ。空気を読み合う文化があるくらいですし。こう、相手に失礼なんじゃないかって、本心をつい隠しちゃうというか、それが故に、察して欲しいというか……」

「なるほど。彼女の方もまた、思い詰めている可能性が高いわけですな」

亜門の手には、いつの間にか、一冊の本が携えられていた。

B6サイズの単行本だけれど、カバーも厚みもない、貧相なものだった。

「亜門、その本は……?」

「真人君の本ですな」

和泉の本だった。前述を詫《わ》びたい。

「ああ。和泉さんの〝どうぞ〟が契約の承諾になったんですね」

「ええ。あの場合、魔法のことを逐一説明するのが手間でしてな」

「変なところでズボラですよね。まあ、別にいいんですけど」

私は、和泉が使っていたコーヒーカップを片付ける。

そうしている間に、亜門は書物になった和泉の人生の物語を追っていた。

「どんな感じですか?」

「……うぅむ」

返って来たのは、煮え切らない唸《うな》り声だった。亜門にしては珍しい。

丁寧に洗ったコーヒーカップを元の位置に戻すと、私は亜門のもとへと戻る。

和泉の本の中身は、外見に違《たが》わず頼りないものだった。生真面目《きまじめ》すぎる明朝体の活字は、ぼんやりと薄くて読み辛《づら》い。亜門も、眼鏡の奥にある猛禽の瞳《ひとみ》を凝らしていた。

しかも、装丁がなんとも心許《こころもと》なかった。紙はあちらこちらが既によれていて、何度か読み返したらボロボロになってしまいそうだった。

「……何というか、コメントし辛い装丁ですね」

と言っても、私の白紙の本よりはまともだ。

自嘲《じちょう》の念に駆られつつも、亜門の隣に椅子《いす》を引いて、腰を下ろす。

「そうですな。何より、文字に生気が感じられません」

文字の生気。本をあまり読まなかった頃は首を傾《かし》げていただろうが、本を読むようになった今は、亜門の言いたいことが何と無く分かる。

新刊書店でアルバイトをしている三谷《みたに》も言っていた。

どんな本でも、その中に刻まれた活字は生きている。制作者の魂が込められていれば込められているほど、活字は活《い》き活《い》きとして、本全体から力強いオーラが漂ってくる。たぶん、売れている本というのはそのオーラがとても強くて、人々はそれに惹かれて買っているんだろう、と。

和泉の本には、そのオーラが全くなかった。

いや、むしろ、本自らが、自分自身を否定しているようにも見えた。

「彼は、ご自分に自信が無いようですな」

亜門は溜息交じりに言う。

私も、彼の本を見せて貰った。彼が大学のサークルに入って彼女と出会ったというエピソードも書かれていたが、それ以降の内容は、こういったものだった。

会社に就職出来た。第一志望だったので有り難いが、たぶん、まぐれだ。自分程度の人間が、この会社に入れるわけがない。実力不足であることがばれたら、首を切られてしまう。不相応の会社で、どうやって取り繕っていこうか。

付き合っていた彼女と婚約することになった。真面目なところに惹かれたと言ってくれた。でも、自分はそれ以外に取り柄がない。何としてでも、真面目を貫かなくては。それがなくなったら、彼女は去ってしまう。明るくて優しい彼女がいなくなったら、暗い未来しか無いに違いない。

会社を解雇された。経営不振とは言え、残っている人間もいる。首を切られたのは、自分の力が至らないからだ。自分のような人間が再就職なんて無理だ。どこも、実績がある人間しか雇ってくれないに違いない。

彼女に愛想を尽かされた。自分の唯一の利点も、いつの間にか失われていたというんだろうか。

もう、自分に希望はない。死ぬしかない。でも、死にたくない。死ぬのは恐ろしい。

しかし、こんな状態で、どうやって生きて行けばいいのだろうか。

「…………」

思わず、無言になってしまった。

亜門も眉間《みけん》を揉《も》んでいる。店内は、重々しい空気に包まれていた。

「我々もそれほど前向きとは言えませんけど……」

「……これは、少々重症ですな」

ふたつ同時に溜息を吐く。

ちらりと店の入り口を見やる。木の扉は閉ざされたままだ。

どうして、こんな時に限ってコバルトがやって来てくれないのか。彼が嵐《あらし》のように掻《か》き回してくれれば、この場にたまった澱《よど》んだ空気も吹き飛ぶのに。

しかし、傍若無人《ぼうじゃくぶじん》な客人がやって来る気配はない。

「この本を、このまま書棚に入れるのは躊躇《ためら》われるので、何としてでも、大団円にしなくてはなりませんな……！」

亜門が呻《うめ》く。その目には、決意の炎が宿っていた。

「そうですね……。僕も、出来る限り手伝います」

私としても、この本がこのままで店内に残るのは遠慮願いたかった。それに、和泉には個人的に立ち直って欲しかった。同じ、会社に見捨てられた者として。

「司君。この書物を読んで、どう思いました？」

薄っぺらい表紙を丁寧に閉じながら、亜門は問う。

「非常にネガティブだと思いましたね。僕も人のことは言えませんけど、ここまで後ろ向きにはなれませんよ。社長一家に逃げられた時だって、死のうとは思いませんでしたし」

「そうですな。司君は、何とか再起しようとしておりましたからな」

亜門は深く頷く。

そう、私は何とか再就職しようとして、神保町の新刊書店にやって来た。そこで、亜門に拾われたのだ。その節のことは、感謝の言葉しか浮かばない。

「鍵《かぎ》はそこにあるのかもしれませんな。彼の婚約者は、〝明るくて優しい〟そうですし、彼とは違う思考の持ち主だったのでしょう」

「和泉さんが導き出した〝あしながおじさん〟のメッセージと、彼女のメッセージは違うということですね？」

「その通りです。司君、冴《さ》えておりますぞ」

亜門は大きく頷く。

「それには、〝あしながおじさん〟に込められたメッセージを読み解く必要がありそうですな。私ももう一度読み返したいと思っておりましたし、読んでいない司君のためにも、朗読して差し上げましょう」

亜門は立ち上がると、私の返事を待たずに書棚へと向かった。

「〝止まり木〟にもあるんですね。やっぱり、有名な古典ですし、色んな出版社から出てるんですよね」

「はい。児童向けにも訳されておりますからな。しかし、当店にあるものは……」

亜門は書棚の中でも、一段と古そうな一角から、一冊の本を引き抜いた。

「一九一二年に、アメリカのセンチュリー社から出版された、原書でしてな。和訳をしながら読み聞かせを行うことになりますが、よろしいですかな？」

朗らかな笑顔の亜門が手にしていたのは、色褪《いろあ》せて古書としての風格をしっかりと持った、洋書の〝あしながおじさん〟だった。


〝あしながおじさん〟は不思議な小説だった。

序章の、ジュディがあしながおじさんの援助で大学へ通うことになる話の後は、ずっと、ジュディがあしながおじさんに宛《あ》てた手紙で物語が進むようになっていた。

手紙には、大学のことや休暇中に起こった出来事、そして、ジュディの胸の内が活き活きと綴《つづ》られていた。時には、ちょっと笑ってしまうような絵が添えられていた。

最初は、己の正体を明かそうとしないあしながおじさんに興味を持ち、頭は禿《は》げているか否かという、不躾《ぶしつけ》且つユーモラスな質問をしていたジュディだが、やがて、社会のことに興味を持ったり、年頃の女性らしく恋をしたりもした。

男の私には、コロコロと移り変わるジュディの心は理解し難いものがあったが、一貫して、彼女は真《ま》っ直《す》ぐな心を持っていた。

「——とまあ、こういった物語です。めでたしめでたし、ですな」

朗読を終えた亜門は、ぱたんと本を閉じた。

「ん？　どうしました、司君。じっとこちらを凝視して」

「あ、いえ。何だか、妙に幸せそうに読んでいたなと思って」

「まあ、ジェルーシャ・アボット——ジュディ嬢が幸せを手に入れる話ですからな」

亜門は鷹揚《おうよう》に頷く。

「それは、そうなんですけどね」

前述したように、物語はジュディの手紙形式で進行する。即《すなわ》ち、女性の一人称で描かれているのだ。

亜門のバリトンの声で、年頃の女性の一人称視点の物語を朗読する。状況を文章にするとなかなかにシュールだが、実際はそうではなかった。

朗読中、亜門は何度も、本の中に描かれた〝ジュディの絵〟の挿絵を見せてくれた。

「こんなことを書いておりますぞ」と英文で綴られた手紙の内容を示すこともあった。

「朗読中の亜門の様子は、まるで、手紙を送られた本人みたいだと思いまして」

「そ、そうでしたか？」

「はい。我が子のように可愛《かわい》がっている相手からの手紙を自慢しているように見えました」

思わず笑みがこぼれる。しかし、亜門は整った眉尻を下げてしまう。

「左様ですか。いやはや、参りましたな……」

「いいじゃないですか。ほのぼのとしましたよ」

「……この物語は、こうなってしまうから、あまり読まないようにしているのです」

確かに、亜門が読んだ〝あしながおじさん〟の洋書は、ずいぶんと取り辛そうなところにあった。よく見ると、亜門は少し辛そうな顔をしていた。眉根を寄せ、片手でぎゅっと胸を押さえている。

「この物語に登場するジュディ嬢が、あまりにも魅力的でしてな」

「そうですね。天真爛漫《てんしんらんまん》で、向上心があって、素敵な女性だとは思います」

尤も、パワフルな女性でもあるので、実際に目の前に現れたら、私なんて引きずり回されてしまいそうだ。

「……そして、あしながおじさんに宛てた手紙が、まるで自分に宛てられているように思えましてな」

「ええ、まあ。あしながおじさんを通じて、読者に語りかけるような書きっぷりでしたよね」

「そうやって読んでいるうちに、まるで自分が娘を持ったような気持ちに……」

亜門は深い深い溜息を吐く。そして、肩を落としてうつむいてしまった。

「あ、亜門……。しっかりしてくださいよ……」

私は、丸められた亜門の背中を摩る。

「申し訳御座いません……。朗読中の幸福感と、現実に戻った時の落差に耐えられなくなるのです……」

「まあ、これだけ心を動かされたのなら、著者のウェブスターさんも喜ぶでしょうけど……」

こんな時に、かける言葉が見つからない。

この一風変わったロマンチックな小説が、まさか亜門にとって地雷を踏むに等しいものだったなんて、誰が想像しただろうか。

亜門は眼鏡を外し、目頭を押さえる。そして、「失礼しました」といつものたたずまいに戻った。

「見苦しいところを、お見せしてしまいましたな」

「いえ……、別に」

「歳《とし》を取ると、どうも涙脆《もろ》くなってしまいますな……」

あなたの場合、歳を取るというレベルではない気もしますけれどね。と、心の中で呟《つぶや》く。

「あの、亜門」

「はい」

「娘ではなく、……息子では駄目ですか？」

雛鳥《ひなどり》と呼ばれ、息子のように扱われたことを思い出して、そう言った。しかし私の言葉に、亜門はきょとんとしてしまった。やはり、滅多なことを言うものではなかった。

「な、なんでもないです」と言葉を取り消すのと、合点がいったように亜門の目が見開かれたのは、同時だった。

「司君。あなたという人は……！」

亜門の紳士然とした表情が破顔する。途端に、ぎゅっと抱き寄せられた。

「あ、ちょ、ちょっと……」

「いやはや。あなたは本当に、良い方ですな。その心遣い、この亜門の心に響きましたぞ」

「そ、それなら、良かったです」

亜門の力強い腕が、繊細なガラス細工でも扱うかのように、優しく、やんわりと私を抱き締める。そこから彼の喜びと、父親のような慈しみと、ほんの少しの哀《かな》しみが伝わって来たような気がして、胸が押し潰《つぶ》されそうになった。

「しかし、あなたは私の友人ですからな」

亜門はそっと私の肩に手を当てると、その身を引き離した。私が見たのは、いつもの穏やかな賢者のような顔をした亜門だった。

「そして、従業員ですしね」

「左様。息子としてのあなたも魅力的ですが、それ以上に、友人であり従業員であるあなたの方が魅力的です。ですから、今後とも、そういった関係でありたいものですな」

亜門はそう言って、笑ってみせる。

そんな彼に返せた言葉といえば、「は、はあ、どうも……」くらいだった。面と向かって褒められるのは、慣れていないのだ。

「さてと、脱線してしまいましたな。失礼しました。本題に戻りましょう」

亜門は〝あしながおじさん〟と、頼りない装丁の、和泉の本を並べる。

「司君は〝あしながおじさん〟の内容を知り、どう思いました？」

「亜門のあまりにも優しい語り口に気を取られていましたけど……、割と、和泉さんと同じことを考えてましたね」

「彼の婚約者も、ジュディ嬢のような恋をしたかったのではないか、と？」

「え、ええ。その、物語があまりにもロマンチックだったので」

恋した相手が、自分を一番知っていて、自分を一番助けてくれていた人だったなんて。まるで、夢のような話ではないだろうか。

しかし、亜門はキザな仕草で、指を振ってみせた。

「司君も、物語の雰囲気に呑《の》まれてしまっておりますぞ。この作品には、とても素晴らしい言葉が潜んでおります。私も読み返して気付いたのですが、彼に贈って差し上げたい言葉ばかりでしてな」

亜門は、意味深に微笑む。

「司君。ジュディ嬢が精神的に成長したのは、どうしてですかな?」

「閉鎖された世界である孤児院から脱して大学へ行き、広い世界を見るようになったから……ですかね。気の合う友人やいけ好かない同級生、親しみのある農場主に、魅力的な男性。兎《と》に角《かく》、色んな人と交流し、色んなことを体験し、その中で輝いているものを見つけていって、最後の彼女があるんじゃないかと思うんです」

「そう。そこなのです!」

亜門はよく通る声を張り上げる。

「そ、そこって……」

「輝いているものを見つけたのですよ、彼女は。何と言うこともない、日常の世界から」

亜門の猛禽の瞳が大きく見開かれる。

「あ、そうか。ジュディの体験したことって、特別なことじゃないですね。大学に行って授業を受けて、同級生と一緒に遊んだりお喋りをしたりして盛り上がって、休暇中に牧草地へ赴いて農業を体験して、そして、恋もして……」

改めて内容を思い返してみると、確かに、ジュディは普通ではないことを経験したわけではない。いきなりお城の舞踏会に誘われたり、素敵な贈り物をくれる魔法使いが登場したり、悪い魔女と戦ったりしたわけではない。

ただ、誰もが体験しうる日常を過ごし、その中から幸福を見つけ、活き活きとした手紙とともに成長していったのだ。

「もしかして、和泉さんの婚約者が和泉さんに伝えたかったことって……」

私は顔を上げる。亜門は含み笑いを浮かべた。

「大事なのは、小さな喜びを最大限に楽しむこと。幸福の真の秘訣《ひけつ》とは、今この時を生きること。過去をいつまでも悔やむのではなく、未来を待ち焦がれるのでもなく、今この瞬間を最大限に楽しむこと」

亜門がいきなりそう唱える。

「あ、それは」と先ほどの朗読を思い出した。

「はい。ジュディ嬢の言葉です。——起こってしまったことを悩んでもしょうがない。今をどう生きるかが問題というわけですな。『幸せの秘訣は柔軟な心』でもあると、ジュディ嬢は申しております」

亜門は、古びた洋書の表紙を、愛おしそうに撫でた。

「それが、婚約者の言いたかったことなのかもしれませんね……。和泉さんがあまりにもネガティブで、なんでも不幸と不安に結び付けてしまうから、自分の手で幸せを見つけて欲しかった、と」

「恐らく、それで間違いないでしょうな」

亜門は深く頷く。

「その見解が正しいか否か。答え合わせは、夕方にでも行いましょうか。彼の物語も、ジュディ嬢の物語のように、ハッピーエンドにしなくては」

テーブルの上に置かれた、自らの目で幸運を見つけて自らの手で幸運を掴《つか》みとった乙女の物語の隣には、自らの幸福を否定し、不安をかき集めてしまった男性の物語があった。

しかし、二冊の本を見つめる亜門の眼差しは、等しく優しかったのであった。

午後四時。世間一般で夕方と呼べるような時間になった途端、〝止まり木〟の扉がノックされた。

現れたのは、和泉だった。

「お待ちしておりましたぞ」と亜門が歓迎する。

「すいません。ちょっと、早かったですかね」

「いいえ。丁度良い按配《あんばい》でしたな。珈琲はお飲みになられますか？」

「あ、えっと、いいえ」

和泉は頷こうとするが、慌てて首を横に振った。

「是非とも頂きたかったんですが、まずは、婚約者のことを……」

「それならば、ご安心ください。おおよそのメッセージは摑めました。あなたに助言を授けることが出来そうです」

「本当ですか⁉」

和泉は表情を輝かせる。しかし、それはすぐに萎んでしまった。

「でも、これで彼女が戻ってくるかは分かりませんよね。彼女がいなくなって、もう、十時間以上経《た》ってますし。もしかしたら、実家に帰ってしまったかも。いいや、私なんかよりもいい相手を見つけてしまっているかもしれない……！」

頭を抱える和泉に、「やれやれ」と亜門は肩をすくめた。

「未来を待ち焦がれるどころか、幸運の芽を摘み取ってしまうのは問題ですな。まずは行動あるのみですぞ。さあ、彼女にご連絡下さい」

「で、でも……」

和泉は渋る。連絡をするのが怖い、と彼は表情で訴えていた。

「やれやれ。あまり遅くなると、あなたの言うようになってしまうかもしれませんぞ」

「そ、それは困ります。でも、すでにもう、なってるかも……」

和泉は、もたもたと携帯端末を取り出すが、操作するに至らない。それを見た亜門は、しびれを切らしたようにこう言った。

「躊躇《ちゅうちょ》しているうちに、好機が去ってしまいますぞ。——さあ、早く！」

「は、はい！」

和泉は背筋を伸ばす。勢いに押されるまま、端末を操作し始めた。

「司君」

「はい！」

「この辺りで、若い男女がじっくりとお話出来る喫茶店を教えて差し上げなさい」

「は、はい！」

神保町のことならば、亜門の方が詳しいのではと思うものの、与えられた役割をまっとうしようと、記憶の糸を手繰り寄せる。神保町駅からこの新刊書店にやってくるまでに、良い雰囲気の店は何軒かあったはずだ。

「じゃあ、〝ラドリオ〟なんかはどうでしょう。ここからすぐの路地裏にあるんですけど」

「ラドリオ？」と和泉は聞き返す。

「はい。あそこはウィンナー・コーヒーを日本で初めて提供した店だって聞いてますし。そんな歴史があるお店だから、落ち着いて話せる雰囲気かなと思いまして。お店の中もレトロな英国パブみたいですし、ロマンチックな物語が好きな婚約者さんも気に入るかも……」

恐る恐る提案してみる。端末を操作している和泉は、「そこにします！」と即答だった。

亜門の方を、ちらりと盗み見る。

すると彼は、満足そうにゆっくりと、私に向かって頷いてくれたのであった。

こうして、和泉は婚約者を〝ラドリオ〟に呼び出した。

裏路地にひっそりとあるこの店は、重厚感のある煉瓦《れんが》造りのたたずまいだった。それでも、店先にある小さな人形が、訪れた者の心を癒《いや》してくれる。

店内の照明は控えめで、シャンソンがゆったりと流れている。珈琲の香りに混じって、ほろ苦い煙草《タバコ》の匂《にお》いが漂っていた。

開店したのは、一九四九年だという。木製のテーブルも、赤い座席も、実に使い込まれている。カウンターの向こうには、様々な種類のボトルが並んでいた。夕方からは、バータイムとなって、カクテルなどのお酒を楽しめるらしい。

そんな店の奥の席に、和泉と婚約者が座っている。

そして、店内を仕切る壁の反対側に、我々が座っていた。勿論、我々がいることは、婚約者は知らない。

「このシチュエーション、前にもあったような気が……」

「真人君は、一押しして差し上げないといけない方のようですからな。監視が必要なのです」

亜門はしれっとそう言いながら、ウィンナー・コーヒーを注文していた。

和泉の婚約者は、本当に若い女性だった。学生でも通じそうなほど瑞々《みずみず》しく、見開いたような大きな瞳が印象的だ。

対する和泉は、うつむき、彼女を直視出来ないでいた。

時折、すがるような視線をこちらに寄越す。亜門は、「落ち着いて気持ちを伝えなさい」と言わんばかりに頷いた。

亜門はここに来るまでに、〝あしながおじさん〟に込められたメッセージを和泉に教えていた。彼女の気持ちは、彼に伝わっている。

あとは、和泉の勇気次第だ。

「あ、あのさ……、杏奈《あんな》」

口を先に開いたのは、和泉の方だった。彼女の名は、杏奈というらしい。

「その、僕が悪かった……」

彼女は口をつんと尖《とが》らせて、黙って和泉の話を聞いている。和泉は、鞄の中から〝あしながおじさん〟を取り出した。そして、振り絞るような声で言った。

「これ、返すよ……。テーブルの上に置いてあったやつ。大事なものなんだろ……？」

「で、何が〝悪かった〟か、分かったの？」

彼女は、腰に手を当てて言い放った。二人の前に、注文したウィンナー・コーヒーが置かれている。カップに盛られた生クリームは、美しい山を築いたままだ。二人とも、一口も飲んでいなかった。

「……僕の、この性格だ。何でもかんでも、悪く考えてしまうところが、君を辟易《へきえき》させていたんだ」

「そうね」と彼女は遠慮なく言った。

「だから、何とかして……直したい。君のその本、読んでみたんだ……。最初は、この本の主人公みたいなロマンスを求めていたのかと思ったけど、きっとそうじゃなくて……。この本の主人公の考え方に魅力を感じているんじゃないかと、教えて貰って……」

和泉は膝《ひざ》の上でぎゅっと拳《こぶし》を作る。

「これからは僕も、どんなことからでも、幸せを見つけたい……。前向きになって、生きていて良かったと思えるようになりたい……。だから……！」

がたっと席を立ったかと思うと、和泉は膝を折った。彼女の前に、すがるように跪《ひざまず》く。

「行かないでくれ……！　僕には君が必要なんだ！　どんなに前向きになっても、君がいなきゃ、僕の世界は暗闇《くらやみ》しかないんだ！」

和泉は、許しを乞《こ》う罪人のように、彼女に手を差し伸べる。

次の瞬間、彼女の少し日に焼けた手が、その手を掴んだ。

「………！」

吃驚《びっくり》している和泉の前に、彼女も膝をつく。そして、彼と同じ目線で、こう言った。

「それじゃあ、一緒に探しましょう。幸せを！」

杏奈の表情は、笑顔だった。太陽のように、眩《まぶ》しかった。

「え、あ……」

「私、あなたと一緒に頑張りたかったの。でも、あなたは嘆き悲しむばかりで。一緒に歩んでくれる気配がないから、ちょっと辛くって」

彼女は眉尻を下げる。

「でも、辛いのはあなたも一緒だったんだよね。こんなに苦しい想いをさせてごめんなさい。ちゃんと、言葉で伝えれば良かった」

「あ、謝るのは、僕の方で……」

「ほら、鼻水出てる」

彼女はくすりと笑うと、ハンカチで和泉の顔を拭《ぬぐ》う。なされるがままの和泉の表情は、憑《つ》き物が落ちたかのようだった。

「そ、その、職を失ってしまったから、結婚どころか生活だってままならなくなってしまった。そこはどんなに前向きになっても変わらない事実だし、申し訳ないと思ってる……」

もごもごと口籠る和泉に、「リストラなんてなによ！」と彼女は一喝した。

「あなたは確かに、職を失ったかもしれない。でも、あなたには元気な身体がある。若さもある。これが転機だと思って、別のことをしてみればいいのよ！」

「職が見つかるまでは……？」

「私が稼ぐし」

彼女は堂々と胸を張る。

「困った時はお互いさまじゃない。あなたが大変な時は、私がフォローする。そうやってこそ、人生のパートナーって感じじゃない？」

彼女は歯を見せて笑った。屈託のない表情だった。

「そう――だな。もし、逆の立場でも、僕は同じことを言っていたかもしれない」

「でしょ？」

明るい笑顔の彼女の手を、和泉は強く握り返す。

「有り難う、杏奈。君がいるから、いや、君がいるなら、僕は世界一幸せだ！」

和泉の、血の気が失せていた頬に赤みが差し、しょぼくれていた顔には笑みが戻る。

若い二人は、笑い合っていた。冷たい煉瓦張りの床に膝をついているのに、笑顔だった。

「……ふふ。これで、ハッピーエンドですな」

その様子を眺めていた亜門は、微笑ましげに言った。そんな亜門を前にした私も、温かい気持ちを味わっていた。

「新しい職を探すのは大変でしょうけど、あの二人なら、やっていけそうですよね」

「ええ。小さな幸せを見つけて、前に進んでいけそうですな」

亜門はしみじみとしていた。

「……僕も」

「ん？」

「僕も、亜門が――友人がいてくれるので頼もしいし、そのお陰《かげ》で、前に進んで行けそうです」

聞こえるか聞こえないかという声量で呟く。

しかし、亜門にはしっかりと聞こえてしまったようだ。私の顔を見て、目を瞬かせている。

「い、今のは、聞かなかったことにして下さい。何だか、恥ずかしいし」

「いえ、司君。今のお言葉、身に余る光栄ですな」

「そ、そうですか？　な、なら、良かったですけど」

「時に、司君」

「はい？」と聞き返すものの、亜門は沈黙してしまった。ぎゅっと、自分の手を押さえている。これは、嫌な予感がした。

「公共の場で恐縮ですが、撫でてもよろしいですか……？」

「よ、よろしくないです……！」

流石《さすが》に、事情を何も知らない人達の前で撫でられるのは、御免被りたい。

「ほ、ほら、ウィンナー・コーヒーが冷めちゃいますよ！」

いつの間にか席に運んで貰ったウィンナー・コーヒーを示す。生クリームが、口にされるのを心待ちにしているようだった。

「それはいけません。せっかくの名店のウィンナー・コーヒーですからな。温かいうちに頂かなくては」

「そうですよ。僕の頭なんかに構ってないで、召し上がって下さい」

コーヒーカップをむんずと摑むと、カップを傾けて珈琲を喉に流し込む。生クリームと珈琲が絡み合い、まろやかな風味となって鼻から抜けていく。

私達と壁を隔てた奥の席でも、「おいしいー」という二人の幸せそうな声が聞こえてきたのであった。


喫茶店を後にした我々は、〝止まり木〟に戻る。

「いやはや、ジュディ嬢のような女性でしたな」

亜門は和泉の婚約者を思い出しているようだ。

「確かに、明るくて前向きで、ぐいぐいと進んで行きそうな人でしたよね」

「彼も、次の物語が紡げそうですな」

亜門は、テーブルの上に置いていた貧相な装丁の本を持ち上げる。見ると、表紙にはしっかりとした箔押《はくお》しの文字が刻まれていた。

〝あしながおじさんに導かれて〟

それが、和泉の本のタイトルになっていた。

「『彼女が想いを託した本が、後ろ向きな私を導いてくれる。彼女と歩む明日は、どんな日にしよう』――か」

最後に加わった一文を音読する。きっと、彼らが通った道には、確かな足跡が刻まれることだろう。この、箔押しのタイトルのように。

「僕は今まで、〝あしながおじさん〟は、女子の読む物語だと思っていたんです。でも、幸せになるための秘訣がたくさん詰まっている、幸せの指南書だったんですね」

「おや。面白い表現をなさりますな。幸せの指南書、ですか」

「……あんまり繰り返さないでください。恥ずかしいので」

何気なく浮かんだフレーズなので、尚更《なおさら》気恥ずかしい。

「女性は幸せを発見するのが得意ですからな。もしかしたら、彼女らは、少女の頃に読んだ〝あしながおじさん〟から学んだのかもしれません。いや、むしろ、女性自身が幸せの指南書なのかもしれませんな」

　亜門は冗談めかしながら、和泉の本を丁寧に本棚へしまった。

　そんな彼を眺めながら、私は、ふと頭を過《よ》ぎった疑問を口にする。

「亜門は……」

「どうしました？」

「今、幸せですか？」

　一瞬、彼の猛禽の双眸が見開かれる。しかし、すぐに柔らかく、穏やかな眼差しになった。いつもの表情だ。

　いや、それよりもぬくもりに満ちていて、父性と優しさが入り混じっていた。

「幸せですな。あなたという親友がおりますから」

「……そ、それは、光栄です」

　真っ直ぐな視線を直視出来ない。消え入るような声になってしまった。

「では、私も問いましょう。司君、あなたは幸せですか？」

「……ええ。たぶん」

「随分と頼りない返事ですなぁ」

　亜門は苦笑を漏らす。

「あ、すいません。幸せ、なんだと思います。今までは、息苦しさを感じながら生きていました。でも、今はそれがなくて。それに毎日、家から出て、空を眺めるのが楽しみで」

「空を？」

「はい。出勤する時に、空の様子を眺めるようになったんですよね。今まではあまり気付かなかったんですけど、同じ青空でも、最初から晴れている時と雨が上がった時は青さが全然違うんです」

それが幸せに繋《つな》がるのかは分かりませんけど。そう言った私に、亜門はくすりと微笑んだ。

「空の違い。その、日常的なほんの些細《ささい》なことに気が付けることも、あなたにとっての幸せなのかもしれませんな」

「そう、ですかね」

「ええ。きっと、そうです。これからも、幸せをたくさん見つけられるといいですな」

そっと手が伸ばされる。亜門の大きな手は、私の頭に触れようとしていた。

「――その前に」

伸ばされた亜門の手を摑む。大きく、温かい手だ。

亜門は吃驚したように、目を見開いていた。

「ジュディが一人前の女性になったように、僕もあなたにとっての雛鳥を卒業したいですね」

少々生意気だったかと思いつつも、そっと笑みを作ってみせる。すると、亜門は軽く噴き出してしまった。

「ふ、ふふふ。またしても、一本取られましたな」

「僕だって、いつまでも雛鳥ではいませんからね」

「珍しく、強気ですなぁ」

「め、珍しいは余計ですから」

だが、亜門の言う通り、反撃することも強気でいることも、私にしては珍しい。

昔の私であれば、何だかんだ言って、結局は雛鳥に甘んじていたはずだ。今の調和を乱したくないという理由で、自分を殺していただろう。

きっと、あの二人に前向きな気持ちを分けて貰ったのだ。

幸福は、訪れるものではなく、人が作り出したり、見つけ出したりするものだ。そうやって得た幸福は、人にうつるものなのだろう。

それならば、私は多くの幸福を作り、見つけたい。

そうすることで、この目の前の友人もまた幸福の一つとなるのなら、それは、私にとって更なる幸福なのではないか。

そう思いながら、友人の手をしっかりと握ったのであった。

幕間　秘密の珈琲

今日も、「書庫の整理をして来ます」と言って、亜門は店の奥へ消えてしまった。

彼が居なくなってから、数時間が経《た》つ。がらんとした店内に居るのは、私だけだった。

掃除も終わってしまったし、棚の整理も終わってしまった。他にすべきことは見つからない。

「退屈だな……」

給料分の仕事はしたいので、指示が欲しい。しかしそれ以上に、あの優雅でいて話好きな店主の姿が見えないのは寂しい。

「奥は、どうなっているんだろう……」

店の奥には通路らしきものがある。ぼんやりとした暗闇《くらやみ》の暗幕に目を凝らすと、木の扉が見えた。

そろりと近づく。足を忍ばせたつもりだが、床がギィと鳴いた。

「ちょっと覗《のぞ》くくらいなら……」

扉に触れようと手を伸ばす。その時だった。バターンと、店側の扉が開いたのは。

「御機嫌よう！」

「ぎゃああ！」

思わず悲鳴をあげる。振り返ると、鮮やかな青い髪が目の中に飛び込んで来た。この店によく出入りしている、ヴィジュアル系のマッドハッターだ。

「こ、コバルトさん……！」

「どうしたんだ、ツカサ。爪を剝《は》がれた罪人みたいな悲鳴をあげて！」

「具体的な表現はやめて下さいよ……」

心臓がバクバクと鳴っている。口から飛びだすかと思った。

コバルトは、私の立っている場所に気付くなり、意地悪そうに笑ってにじり寄る。

「成程ね。アモンは留守、そして、ツカサは書庫が気になるらしい」

「だ、だって、見たことないし、この店よりも広いのかなと思って……」

つい、目をそらす。そんな私の肩を、コバルトがぽんと叩《たた》いた。

「気になるのなら、見てみればいいじゃないか」

「えっ⁉ で、でも」

「アモンは、入るなと言ったわけじゃないんだろう？」

確かに、進入を禁じられたわけではない。

「でも、邪魔をすると怖いって、あなたが言ったじゃないですか」

「邪魔をしなければいい。書庫の中をちょっと見るだけならば平気だね。乗馬用の鞭《むち》で尻をぶたれることもない」

「……邪魔をした時は、ぶたれたんですね」

私の言葉に、コバルトはぶるっと身震いをする。

「あれは死ぬかと思った……。もう二度と、読書の邪魔をするものかと誓ったね」

「まあ、痛かったでしょうね……」

乗馬用の鞭でぶたれたことはないが、響きからして既に臀部《でんぶ》が痛くなって来た。亜門の逆鱗《げきりん》に触れぬよう、自分も気を付けなくては。

「……でも、お客さんが来たので、接客をしなくては」

そう言って、奥の扉から離れようとする。

しかし、客であるコバルトがそれを許さない。私の肩をしっかりと摑《つか》み、強引に扉へ向かわせた。

「俺は客だけど客じゃない。友人の友人じゃないか。水臭いことを言うな」

「どうあっても、僕を奥に行かせたいんですね」

「勿論《もちろん》！」

コバルトは包み隠さずに言った。

「俺が最後に入ったのは随分と前でね。アモンのことだから模様替えもしているだろうし、これを口実に、俺も入りたいのさ！」

「口実って言っちゃったよ、このひと……」

「ごちゃごちゃ言うな。ほら、行った、行った！」

コバルトは奥の扉のドアノブをひねり、躊躇《ためら》うことなく扉を開く。

「あ、ちょっと」

次の瞬間、背中を押された。

抗《あらが》う間もなく、私の身体《からだ》は扉の向こうに投げ出される。

「わっ、とっ、とっ」

「ほら、危ないぞ。ちゃんと立ちたまえ」

よろける私に、コバルトが手を貸してくれる。私の目の前には、下り階段があった。

「わぁ……」

そこは、吹き抜けのホールになっていた。

高い天井にはフレスコ画が飾られ、太い柱には細やかな装飾が施されている。〝止まり木〟の店内より、随分と広い。左右に本棚がずらりと並んでいる様子は、合わせ鏡のようだ。一階部分も二階部分も、壁は本で埋め尽くされていた。

亜門は大量の本を無尽蔵に買い込むが、一体どう仕舞っているのかと疑問だった。だが、これだけのスペースがあれば、幾らでも収納出来るだろう。

その豪華絢爛《ごうかけんらん》さは、書庫と言うよりは宮殿の大広間だ。その美しくも厳かな部屋を前に、私は溜息《ためいき》を漏らすしかなかった。

「これはバロック様式が用いられているんだ。美しいだろう？」

「これも、魔法で？」

「ま、そういうことさ。ついてくるといい」

コバルトは、慣れた様子で階段を降りる。慌ててその後を追った。

一階に降りると、高い天井まで届かんばかりの本棚に、更に圧倒される。ところどころに石膏《せっこう》の彫刻もあり、ほのかな灯《あか》りの中でぼんやりと浮かび上がっていた。その角度のせいか、彼らがこちらを見下ろしているように見える。

「……コバルトさん」

彼の服をぎゅっと摑む。

「どうした。怖いのか？」

「べ、別に、怖くないですし！」

「ムキになるところが怪しいな。アモンからは、亡者の類《たぐい》を恐れると聞いているしね」

「何て余計なことを……！」

この時ばかりは、亜門を恨んだ。

「というか、おばけが怖いんじゃなくて、怖そうなものが怖いだけですから！」

「怖そうなもの？　具体的には？」

「すぐには思い浮かびませんよ。でも、こっちに害を及ぼしそうな外見とか、害を及ぼすだろうと言われているものは、怖いと思います……」

「ふぅん。見た目と世間の評判に踊らされるタイプということか」

コバルトの視線が、急に鋭くなる。

そう言えば、このひとはそういう類の話を嫌っていたはずだ。私は、首を横に振った。

「以前までは。でも、亜門の存在や、あなたの荒療治のお陰《かげ》で、今はだいぶマシにはなりましたけどね」

「それは何より」

コバルトは、にんまりと微笑《ほほえ》む。何処《どこ》となく嬉《うれ》しそうで、安心しているようにも見えた。

「コバルトさんは――」

「それにしても、以前に来た時とほとんど変わってないな。流石《さすが》に、棚の入れ替えはしたみたいだが」

質問しようとしたことは、彼の言葉にかき消されてしまった。

彼は、本棚の上に掲げられたプレートを眺めていた。プレートには筆記体の英語が彫られている。どうやら、ジャンルを記しているらしい。

イギリス文学、フランス文学、イタリア文学、ロシア文学……。各世界の物語が、ずらりと並ぶ様は圧巻だった。

「あ、日本文学の棚もある」

背表紙には、馴染《なじ》みのタイトルと著者名が添えられている。夏目漱石に、芥川龍之介、宮沢賢治の本もある。同じタイトルなのに装丁が違うものもあり、一つ一つ、手に取りたくなってしまう。

「全部で、何冊くらいあるんでしょうね」

「数えたこともないな。そもそも、数え切れるかどうか」

「ですよね……」

大広間のような書庫は、高さも奥行きもかなりのものだ。そこに詰め込まれた本を読破するのは、一生を費やしても無理かもしれない。

「ここに居ると、確かに夢中になってしまいそうですね。一冊読み終わっても、次の本に手を出してしまいそうだし」

「まあね。ただ、可愛《かわい》い装丁の本があっちこっちに散らばっていてね。俺は探すのに苦労するんだ」

「ああ。コバルトさんは、可愛いのが好きなんでしたっけ……」

特に、〝不思議の国のアリス〟がお気に入りのようで、彼の庭園も彼の姿も、アリスの世界を表現しているかのようだった。

「どうして、可愛いのが好きなんですか?」

「そりゃあ、可愛いからさ」

「理由になってない……!」

思わず頭を抱える。

「山を登るのも、そこに山があるからだろう? 可愛いものにときめくのも、それが可愛いからなのさ」

「カワイイは哲学……」

奥が深い話になって来た。

棚のジャンルを確認しつつ、奥へと進む。読めないものは、コバルトに教えて貰《もら》った。

自然科学の本もあったが、文学に比べてずいぶんと少ない。本をまんべんなく読んでいるように見えるが、亜門にも興味があるジャンルとそうでないジャンルがあるのだろう。

「あっ。あれは何です?」

隅の本棚に、不思議なプレートが掲げられていた。彫られているのは、英語ではない。記号のようだった。

「ヒエログリフだ!」

コバルトは小走りで向かう。

「懐かしいな。昔は、よく教えて貰ったものだ。今でも、少しくらいは読める」

彼はそう言いながら、本棚に手を伸ばす。背表紙の幅からして、分厚い書物かと思ったそれは、ハードカバーの書物の形をした箱だった。

表紙を模した蓋《ふた》を開けると、中には古びた巻物が入っていた。

「それ、なんですか？　紙とは少し違うみたいですけれど」

「パピルスさ。植物の茎から作られたものでね。古代エジプトでは紙代わりにしていたのさ」

コバルトは表情を輝かせてそう言った。いつもの、可愛いものや甘いものを見るそれとは違う。何処か郷愁を感じさせる眼差《まなざ》しで、パピルスの巻物を眺めていた。

「ヒエログリフも、エジプトの古い文字でしたっけ」

「そうさ。うちは楔形《くさびがた》文字だったけど、ヒエログリフの方が可愛くてね。見たまえ、この、鳥の行進を！」

コバルトが示した箇所には、確かに、シンプルな鳥が描かれていた。中にはこちらを見ている鳥もいるし、蛇のようなものを従えているものもいた。

「これがヒエログリフ……。話には聞いていたけど、ちゃんと見たのは初めてだ」

「どうだ、可愛いだろう？」

「まあ、確かに可愛いですけど」

「けど？」

「どうして、ヒエログリフの書物がここにあるんですか？　それに、コバルトさんもそれを教えて貰ったって、誰に……？」

話の流れからすると、亜門だろうか。しかし、どうして亜門がヒエログリフを知っているのだろう。

一瞬の沈黙。そして、彼はこう言った。

「……しまった。はしゃぎ過ぎたようだな」

「やっぱり、亜門に関係があるんですよね。いくら古書が好きといっても、ヒエログリフの巻物なんて古いっていうレベルを越えてますし。よほどの執着がない限りは、置かないんじゃないかと思うんですけど」

私の言葉に、コバルトは眉間《みけん》を揉《も》む。そして、意を決したように顔を上げた。

「……君には話しても構わないかもしれないな。むしろ、話しておくべきなのかもしれない」

「えっ。どうしたんです、急に」

コバルトの真剣な眼差しに戸惑う。

「ツカサ。アモンは――」

「コバルト殿、何をしているのですか？」

バリトンの声が、高い天井に響く。コバルトの背筋が、ピンと伸びた。

「ア、アモン……！」

上を見上げると、二階部分から亜門が顔を覗《のぞ》かせていた。木製の手すりに手を乗せ、困ったような顔でこちらを見ている。

よく見ると、彼の背後には扉があった。この書庫は、他の部屋にも通じているのだろう。

「司君までここに居るとは……。まったく、書庫への入室許可を与えた覚えはないのですが」

亜門はツカツカと足音を響かせながら、階段をゆっくりと降りて来た。

そして、コバルトが手にしているパピルスの巻物を見ると、溜息を吐《つ》く。

「コバルト殿。あなたが常に若々しく、好奇心旺盛《おうせい》なのは分かります。ですが、好奇心猫を殺すと申しますからな。あなたの行動力には、バステト神も驚きますぞ」

「バステト……神……？」

私は恐る恐る尋ねる。

「古代エジプトの女神のことですな。頭部は猫なのです」

「あ、なるほど」

「言っておきますが、司君も同じですぞ。大凡《おおよそ》、コバルト殿に背中を押されたのでしょうが、後戻りすることも出来たはずです」

「ご尤《もっと》もで……」

私達ふたりは小さくなる。

「すまない」とコバルトは素直に、パピルスの巻物を返す。亜門はそれを丁寧に巻き取ると、箱の中に入れて棚に戻した。

気まずい。

声は荒らげていないものの、亜門は明らかに怒っている。ピリピリとした空気が、針のように刺さっていた。コバルトもまた同じものを感じているようで、珍しく静かだった。

「誰にでも、秘めておきたいものというのはあるものです。ここは私のプライベートな場所ですからな。客人を招く時には、相応の準備というものが必要だというのに」

「……すいません」

「……申し訳ない」

我々は同時に頭を下げた。勿論、コバルトは、派手な帽子もちゃんと取っている。そんな我々に、亜門は「やれやれ」と呟《つぶや》いた。

「まあ、書庫に入ることをちゃんと禁じていなかった私も悪いのです。お二方とも、顔を上げてくださいますかな？」

亜門は我々を促す。顔を上げると、いつもの穏やかな微笑がそこにあった。

「今後は、私に許可を取って下さい。そうすれば、書庫も案内しますし、本もお見せします。とは言っても、パピルスの巻物は繊細ですからな。ヒエログリフの勉強をしたければ私が教えますし、巻物の内容が知りたければ、私が朗読して差し上げましょう」

どうして、そんなにヒエログリフに詳しいのだろうか。

問いかけようにも、状況が状況なので、躊躇《ちゅうちょ》してしまう。ここは、許して貰えただけでも良しとしなくては。

それに、今でなくても、彼に聞く機会は幾らでもあるはずだ。

「そうそう。おふたりにご馳走《ちそう》したいものが御座いましてな」

「ご馳走したいもの？」

私とコバルトは顔を見合わせる。

「丁度、或《あ》るものを入手したのです。非常に珍しく高価なものでしてな。それを、我が友人ふたりに味わって欲しいのです」

「なんと！　そんなものが手に入ったのなら、早く召喚状で呼びつければいいものを！」

コバルトは目を輝かせる。その表情からは、反省の二文字は消失していた。

「召喚状を書く前に、あなたが来たのではありませんか。まあ、店に戻りましょう」

亜門は私達の背中を押す。

芸術品のような書庫から出るのは名残惜しかったが、また足を踏み入れることも出来るだろう。

それに、今は何より、高価な何かが気になる。

そう思いながら書庫の本棚に別れを告げた私の中からも、反省の二文字がすっかり消えていたのであった。

或るものとは、珈琲豆《コーヒーまめ》のことらしい。

亜門は〝止まり木〟に戻るなり、カウンターへと向かった。

私とコバルトは、席で彼の珈琲を待つ。サイフォンのコポコポという音と、ほろ苦くも香ばしい芳香に、我々は胸を躍らせた。

「一体、どんな珈琲なんでしょうね」

「ゲイシャはこの前、馳走になったがね。あの様子からして、それよりも珍しいものだろう」

亜門のことをよく知るコバルトは、自信満々にそう言った。

「ゲイシャって、かなりお高い珈琲ですよね。僕は飲んだことが無いなぁ」

「アモンに頼めばいい。ツカサにならば、喜んで淹《い》れるはずさ」

「でも、何でもかんでも亜門を頼るのも悪いし、豆くらいは自分で買いたいですね」

「律儀なやつめ」

コバルトは、からかい半分で笑う。私もつられて笑った。

しばらくして、亜門がコーヒーサーバーと、さんにん分のカップを持って来てくれた。

「さ、どうぞ。お召し上がりください」

　亜門がコーヒーカップに珈琲を注《つ》いでくれる。彼の髪によく似た色の水面が揺れ、心地よい香りが鼻腔《びこう》をくすぐる。

「いただきます」

　私とコバルトは、珈琲に口を付けた。

　そっと唇を添え、ほんの少し口に含む。舌先で転がすように味わい、時間をかけて飲み込んだ。香水のようでいて、しかし自然な香りが、すっと鼻から抜ける。

「おいしい……。今まで飲んだ珈琲とは違う、独特の味ですね……！」

「チョコレートのような、コクのある後味だな。スイーツの味を引き立ててくれそうだが、これは単品で楽しみたい！」

「ふふ、気に入って頂けたようですな」

　亜門は実に嬉しそうだ。その気持ちは分かる。飲ませて貰った珈琲は、確かに美味《おい》しく、未《いま》だかつてない独特さを持っていた。入手するのも大変だったのだろう。

　しかし、何故《なぜ》だろう。彼の笑顔に、妙な引っかかりを感じる。

「亜門は飲まないんですか？」

「飲みますぞ。せっかく手に入れた、〝コピ・ルアク〟ですからな」

「〝コピ・ルアク〟？」

私とコバルトの声が重なる。

「聞いたことのない珈琲ですね。どこで採れるんですか？」

「インドネシア産ですが、少々特殊なルートを辿《たど》るものでしてな」

「特殊なルート？　勿体《もったい》ぶらずに、全部教えてくれ！」

コバルトが急かす。「まあまあ」と亜門は彼を制した。

「コピは、インドネシア語で珈琲のことで、ルアクはマレージャコウネコのことです」

「ジャコウネコって、ネコというより狸《たぬき》や貉《むじな》っぽい動物でしたっけ」

「そうです、司君。原始的なネコのようですからな。イエネコとは随分と異なります」

「そのジャコウネコが、珈琲とどう関係があるんだ？」

コバルトは二口目のコピ・ルアクを飲みながら、亜門に問う。私もつられてカップを傾けた。

「先ほど、特殊なルートを通ると申し上げたように、コピ・ルアクはジャコウネコの中を通るのです」

「ジャコウネコの中を」

「通る……？」

我々の手が止まる。亜門は相変わらず、実に紳士的な笑みを湛《たた》えていた。

「ジャコウネコの糞から取り出した豆ということですな」

「…………‼」

「な、なにぃ⁉」

思わず、口の中の珈琲を噴き出しそうになった。コバルトもまた、目をこれでもかというほどに見開いて、珈琲と亜門の顔を見比べる。

「インドネシアでは珈琲の栽培が盛んで、多くのコーヒーノキがありましてな。その果肉は、現地のジャコウネコの好物なのです。ところが、ジャコウネコが食べても、種子たる珈琲豆は消化されず、そのまま排泄《はいせつ》されるわけですな。そこを、現地の方が取り出して集めて、よく洗浄して珈琲豆として出荷するわけです」

確かに、それは大量生産出来るものではない。希少な豆だ。

しかし。

だが、しかし。

「ジャコウネコの腸内で上手《うま》く発酵され、味わい深いものとなるわけですな。さ、存分に味わってください」

亜門はそう促すが、私にはもう、珈琲の水面にジャコウネコの姿しか見えない。

「あ、あ、アモン……」

「どうしました、コバルト殿」

「希少価値も分かった。美味《うま》いのも分かった。しかし、それを何の忠告もなくしれっと出すなんて、だまし討ちにもほどがあるだろう……！　せめて、事前に説明をだな……！」

わなわなと震えるコバルトに、アモンはふっと微笑んだ。

「どんな豆か、あなた達は聞かなかったではありませんか。聞いて下されば、私も説明したのですが」

「くっ……！」

「何の心の準備も出来ぬまま、己の領域に踏み込まれたものの気持ちが、少しは分かりましたかな？」

亜門のわざとらしいほどに紳士的な態度と、満面の笑みが恐ろしい。

ああ、なるほど。

これもまた、亜門の怒り方の一つだったのだ。

「コピ・ルアクは特殊な珈琲なので、本当は、最初に説明をしてから淹れるつもりでした。しかし、あなた達の流儀に合わせるならば、それは不要と思いましてな」

「くそ……っ。ツカサもなんとか言ってやるんだ！　君もジャコウネコの落とし物を飲まされたんだぞ！」

コバルトがそう叫ぶものの、こちらに言えるのはこれくらいしかなかった。

「えっと、その……、見事な反撃でした……」

「恐縮ですな」

亜門は澄まし顔で、自分のコーヒーカップを手にする。

「因《ちな》みに、珈琲豆はパーチメントという皮に包まれておりましてな。その皮は精製する際に取り除くので、衛生面は特に問題ありませんぞ。それに、焙煎《ばいせん》の過程で雑菌が死にますからな」

亜門はそう言って、優雅に、実に優雅に珈琲を啜《すす》った。

「ふむ。やはり他の豆とは一味違いますな。——おふたりとも、残すのであれば、カップをお下げしますぞ」

「の、飲みますよ！　せっかく、淹れて貰ったものですし！」

「お、俺だって飲むさ！　美味しいからな！」

我々は、コピ・ルアクを一気に飲み干す。

しかし、一気飲みするには苦みが強く、ジャコウネコが一斉に襲い掛かってくる姿を幻視したのであった。

第二話　司、亜門の背負うものを知る

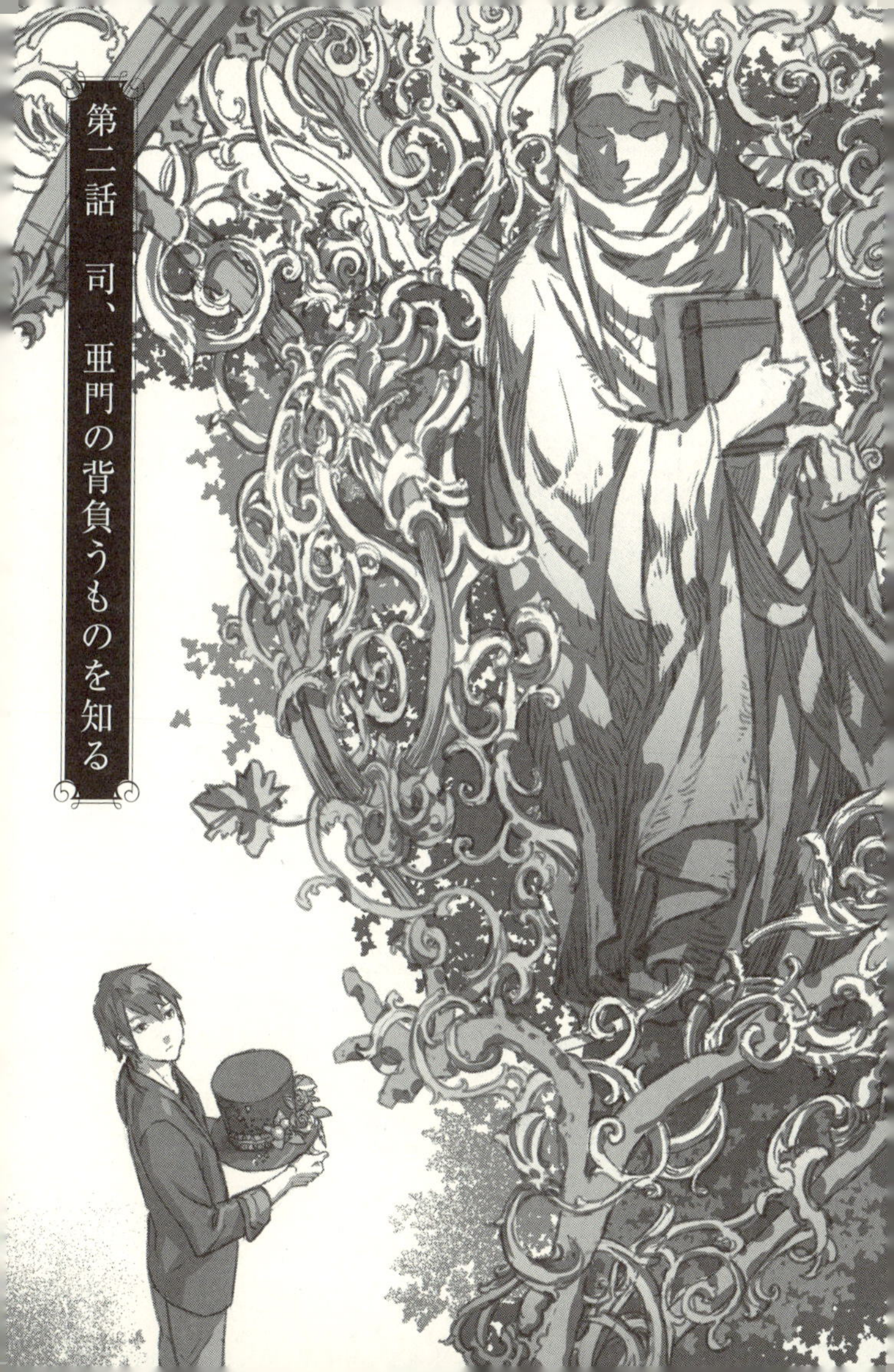

そう言えば、聖書について殆《ほとん》ど知らない。

〃止まり木〃がある新刊書店に向かう途中で、ふと、そんな考えが過《よ》ぎった。

あるのは、おぼろげであり断片的な知識くらいだ。

知恵の実を食べて、楽園から追い出されてしまったアダムとイブの話。巨大な箱舟を作って、洪水を逃れたノアの話。エジプト軍から逃れるために、奇跡で海を割り道を作ったモーセの話。あとは、数々の奇跡を起こしたイエス・キリストの話くらいか。

出勤前に、新刊書店の四階にある神学コーナーに赴く。聖書は人類規模のロングセラーでありベストセラーなので、読んでおいて損はないはずだ。

「何を探してるんだ。魔導書ならばうちに無いぜ」

「うわっ、三谷！」

書店員である友人の三谷が、いつの間にか背後に立っていた。相変わらず、生気のない目をしている。

「そういう濃いジャンルは、うちとは別の新刊書店の方が強いな。本格的なものだったら、亜門さんのところが確実なんじゃないか？」

「ち、違う。聖書を探してるんだよ！」

「聖書？」

三谷は顔をしかめた。

「お前、亜門さんに喧嘩《けんか》売ってんの？　まずいだろ、宗教的に」

「い、いや、聖書は本だし、読むのは許してくれるはずだよ。それに、割と聖書ネタのジョークが好きだし」

「あ、そうなんだ？」と三谷は意外そうな顔をする。

そんな彼を見て、ふと、思い出した。

「そう言えば、先週、亜門のところで買った本を読み終わったんだけどさ」

「亜門さんのところの本⁉　亜門さんの眼鏡にかなった本ってことだろ？　俺に貸せよ！いや、タイトルを教えてくれよ。うちの書店で買うから！」

三谷の目が急に輝く。本の話になると、いつもこうだ。

「い、いや、三谷は絶対に読んだことがあるって」

ただ、感想を話し合いたかったのだ。そう言いながら、鞄《かばん》からその本を取り出してみる。

タイトルを見るなり、三谷は「あー」と声をあげた。

「確かに、読んだことあるわ。ハクスリーの〝すばらしい新世界〟ね」

「どうだった？」

「んー、〝新世界〟はおっかない世界だなって思った」

すばらしい新世界。そこに描かれた世界というのは、〝理想郷〟だった。

支配者はただ一人。階級があり、人々は管理されている。それでも、彼らはなに不自由なく暮らし、負の感情にも乱されず、死すらも恐れずに、幸福に暮らしていた。厳格な〝条件付け〟――いわゆる、刷り込みがされていて、異端な考えを抱く者はほとんどいなかった。

しかし、物語の中心となる人物達は、元々異端な考え方を持っていたり、異端な者と深く関《かか》わることで感情をかき乱されたりする。

異端を許さない世界の中で、彼らは時に白い目で見られ、排除されたりするのだ。

「どうしておっかないと思ったんだ？」

「本が読めないからさ。みんなが理解出来ないからって芸術が失われた世界なんて、俺は御免だね」

「そっか。でも、最初から条件付けがされて、『こう生きるべきである』と示されていた方が楽かなって」

「お前なぁ」

三谷は呆《あき》れたように声をあげる。そんな彼に、私は苦笑を返した。

「と、以前の僕なら思ったかもしれないな」

「今は？」

「三谷と同じだよ。僕も、自由に本を読みたい」

それに、他人が敷いたレールの上を歩くのは、仮に〝幸福〟が約束されていたとしても、ひどくつまらないものに感じた。今までは他人の顔色を窺《うかが》いながら無難に生きていたが、亜門やコバルトと出会ってから、それは味気のないものに思えていた。

「やっぱり、自分らしく生きたいっていうか……」

「へぇ。成長したな」

三谷はしれっとした顔のまま、さらりと賛辞を述べる。彼に褒められるのは珍しい。「そ、そうかな」と、ついはにかんでしまう。

「ただ、自分らしさをまだ見つけられてないんだけど」

「それは今から見つければいいんだよ。お前、若いし」

「三谷と同い年じゃないか」

「まあね」と三谷はそっけなく頷《うなず》く。

「〝新世界〟では、個人の思想がとことん認められなかった。一人はみんなのもの、だっけ？　集団の一部であることを強いられていた。本と同じく排除された宗教もまた、そんな中で邪魔だったんだろうな」

三谷はそう言って、本棚の一角を指し示す。

「で、話は戻すけど、聖書はあそこ」

「うわっ、分厚い！」

そこには、重厚な本がずらりと並んでいた。中には、丁寧に革のブックカバーが掛けられているものがあったり、持ち運びに便利そうな大きさのものがあったりもしたが、いずれもやたらと厚かった。

「聖書って、こんなに厚かったっけ……」

「そりゃあ、旧約と新約が一緒になってるし」

「そうだ。旧約と新約って、どう違うんだ？　新約の方が新しいの？」

初歩的な質問をしてしまって、恥ずかしい。しかし、三谷は平然とした顔のまま答えた。

「旧約聖書は旧《ふる》き神との約束であり、新約聖書は新しき神との約束。ザックリと言えば、新約はイエス・キリストさんの話で、旧約は、その親父《おやじ》さんの話だな。あ、親父さんって、全知全能って言われている神様の方ね。大工の方じゃなくて」

「ふぅん……。長編の漫画でも、主人公が親と子供で代替わりすることもあるしな。そんな感じか」

「そうやってまとめていいものか分からないけど、まあ、間違っちゃいないな」

三谷は、ケースに厳重に入れられている、一際大きな聖書を手にした。

「馴染《なじ》み深いのは新約の方だと思うぜ。イエスさんが荒野で修行している時にサタンが誘惑しに来た話や、水を葡萄酒《ぶどうしゅ》に変えた話、磔《はりつけ》に処されたけど三日で復活した話なんかは有名だろ？」

「モーセやノアの話は？」

「それは、イエスさんが生まれる前——つまりは旧約聖書の話だな。彼らは、神の声を聞き、奇跡を起こす預言者なんだ。個人的には、旧約聖書の方がお勧めかな。長いけど、面白いエピソードも載ってるし」

「面白い？」

「神様が、堕落した街に炎と硫黄を降らせる話や、地上を洪水で洗い流す話がある」

「……神様、アグレッシブ過ぎるだろ」

思わず呻《うめ》いた。後者はノアが登場するエピソードだろう。

「ま、日本の神様も大概だけどな。こっちみたいな無双感はないけど。……聖書は神様がひとりだからなぁ」

「あれ、そうだっけ」

「そうだよ。聖書は一神教の話だ。ギリシャ神話やエジプト神話みたいに、神様がごろごろと出てきたりはしないのさ」

「ゲームでよく出て来た、ミカエルやガブリエルっていうのは……」

「あれは天使。神様の使いだよ。この書店でいう社員みたいなもん。社員の中にも、ヒラや管理職や役員がいるだろ。天使にも階級があるんだ。そして、社長が神様。んで、俺らが預言者。俺達は神様や天使の声を聞き、迷える子羊に本を差し出すのです」

芝居がかった口調でそう言いながら、三谷は手にした一際大きな聖書を私に押し付けた。

「というわけで、買え」

「待て待て！　これは高いし重いよ！　もっとコンパクトなやつにしてくれよ！」

「カゴをお持ちしましょうか？」

「人の話を聞けってば！」

三谷に押し返すと、彼は渋々と本を棚に戻す。代わりに、コンパクトでシンプルな聖書を取り出した。

「はいよ」

「ありがと……。でも、今レジに行くと出勤が遅くなっちゃうから、帰りに買うよ」

「取り置きしとく？」

「いや、大丈夫。場所を覚えておくから」

棚に割り振られている番号を記憶する。

「絶対に買いに来いよ。もし約束を違《たが》えたら、お前を平台にしてやる」

「ひ、平台って？」

「あれ」と三谷が指した方向では、本が何冊も積まれていた。本を積んで陳列することを、平積みと呼んでいた気がする。そしてその下に、本を置くための台があった。

「あれ……？」

「そう、あれ」と三谷は頷く。

「つまり、僕の上に本を積むってこと……？」

「ああ。勿論《もちろん》、お前は四つん這《ば》いになって貰《もら》うぞ。立ったままだとほとんど積めないし」

「嫌だよ！　というか、無理だし！」

「やってみなきゃ分からないだろ」

「やらせないから！　ちゃんと、聖書を買って帰るから！」

思わず声を張り上げてしまう。三谷は発想が恐ろしい。

「まあ、聖書を勧めておいてなんだけど、俺もがっつりとは読んでないんだよね。一応、全部目は通したけど、好きなエピソード以外は流し読みだからなぁ」

「三谷にしては珍しいな」

「固有名詞が多くて、ちょっと油断すると物語を見失うんだ。あと、文体が独特だし」

「そっか……」

果たして自分が読破出来るか、不安になって来た。

「ゲームでお馴染みの名前も出て来るし、その辺りは楽しく読めるんじゃないか？」

「さっきも言ってた、サタンとか天使とか……」

「あとは、ベルゼブブとか」

「〝蠅《はえ》の王〟も登場するのか！」

ベルゼブブと言えば有名な悪魔だ。その名の通り、巨大な蠅の姿をした恐ろしい悪魔で、魔王に次ぐ力の持ち主だと聞いている。

「あ、なんだ。お前、〝ベルゼブブ〟は知ってるのか」

「当たり前だろ。ゲームにも漫画にもよく出て来るし、見た目のインパクトがすごいからね。忘れようにも忘れられないさ」

しかも、名前が〝蠅の王《ベルゼブブ》〟である。

「まあ、確かに、〝地獄の辞典〟のベルゼブブは、ザ・ハエって感じだったよな。多分、後世の創作物は、あれが元ネタになってるんだと思うけど」

三谷は、ふむふむと頷く。

「ハエのイメージって、やっぱり、不潔とか不浄じゃないか。それに加えて悪魔だなんて、嫌われる要素を詰め込みましたって感じだよな。やっぱり、悪魔だからそういう姿なのか？　それとも、そういう姿だから悪魔なのか？」

私の問いに、三谷は暫《しば》し沈黙をする。

「いや、どっちも違うかな」

「違う？」

「そもそも、ベルゼブブっていうのは——」

三谷が口を開いたその時であった。店内のＢＧＭが突然切り替わったのは。

「あっ、やばい」

「どうしたんだ？」

「レジが混んでるんだよ！　応援に行ってくる！」

三谷はそう言うなり、スタッフ専用の階段の方へとすっ飛んで行った。

「……また、プライベートの時間に話すか」

話が中断するのも困るし、仕事の邪魔をしているのも申し訳ない。

「それにしても、本当に分厚いな……」

三谷が棚に戻した聖書を手に取る。やけにずっしりとしていた。

頁《ページ》を恐る恐るめくると、字がびっしりと詰め込まれているのが見えた。思わず、「うわっ」と声をあげそうになる。

「確かに、独特の文体だな。流し読みしただけじゃ、何言ってるかよく分からないぞ」

何せ、固有名詞が多過ぎる。どれが何を指しているのかが分からない。

読むのには覚悟が要りそうだ。そう思いながら聖書を棚に戻そうとしたその時、ふと、影が射《さ》した。

「あっ」

本を選ぼうとしている人の邪魔になってしまっただろうか。

すいません、とその場から退《ど》こうとするが、背後に現れた人物の視線は、こちらにあった。

「信心を取り戻そうとしているのですか？ それとも、悔い改めるおつもりですか？」

静かでいて厳格な声色に、ぎょっとする。

そこに居たのは、ブロンドの髪の若い男だった。ルネサンスの絵画から抜けだしてきたかのような、伏し目がちの美しい容姿で、そこには輝くような知性が窺えた。

しかし、その印象に反して、軍人を思わせるような物々しいコートをまとっていた。背丈は私と大差ないが、その存在はずっと大きなものに見えた。

「え、えっと……」

「今からでも遅くはありません。天の門をくぐる意志があるのなら、悔い改めるのです」

「しゅ、宗教の勧誘ですか……？」

そう問うので、精いっぱいだった。

明らかに日本人離れした容姿だが、日本語は非常に流暢《りゅうちょう》だ。だが、彼の碧眼《へきがん》には強過ぎる意志が宿っており、私の話はあまり通じなそうだった。現に、彼はこう言った。

「あなたの問いかけには、そうだと答えましょう」

「ま、間に合ってますので……」

「既に主がいるというのですね」

「主というか……」

ふと、亜門の顔が脳裏を過ぎる。雇用主ならばいる。

だが、今はそういう話ではない。

「僕は、無宗教なので」

「なんという！」

ルネサンスな若者は、手で顔を覆った。

「主がいないということは、救済を求めないというのですね⁉」

「救済って言われても、困ってることなんて、安定した職に就いていないということぐらいですし」

「おお、何たること。不幸が故に、目先のことしか考えられなくなっているとは」

ルネサンスな若者は嘆かんばかりだ。

「そんな大袈裟《おおげさ》なものでは……」

「いいえ。まずはあなたに奇跡を与えなくては。話はそれからです」

若者は私の手を握る。繊細な容姿をしている割に、手は固かった。物々しいコートに、よく似合っている。軍人なんだろうか、と反射的に思った。

「私はアザリア。あなたに、奇跡を授けましょう」

「はぁ、どうも」

「あなたのお名前は、ツカサですね？」

アザリアの言葉に、思わず息を呑《の》んだ。

「どうして、僕の名前を？」

私の問いに、アザリアは逡巡《しゅんじゅん》する。

「……あなたの存在は、我々の中では少し有名なので」

「我々って……」

海外の軍人の間で有名になるようなことはしていない。

「私は、実は――」

「あっ、こんなところで油を売っていらっしゃる！」

第三者の声が掛かる。

振り向くと、本棚の陰から青年が顔を出していた。まだ少年の面影が色濃く残っており、肌は陶器のように白い。髪はつややかな黒であったが、双眸《そうぼう》は碧眼だった。ハーフだろうか。

「風音《カザネ》」

アザリアはその青年をそう呼んだ。

「困っている人間についつい声をかけてしまうのは分かりますけどね。でも、視察の時間は限られているんですよ？　これが終わったら、僕はノルマを達成しに行かないといけないし、あなただって他の視察が控えているでしょう？」

風音は大きな瞳《ひとみ》の眦《まなじり》を吊《つ》り上げ、腰に手を当てて怒っていた。彼もまた、アザリアのような重厚なコートをまとっている。

「申し訳ありません。あなたの時間を潰《つぶ》してしまうところでしたね」

「僕は別に構わないんですけどね。あなたのスケジュールは押してるでしょう？　時間には限りがあります。その中で、我々は一人でも多くの人間を救済しなくては」

風音は威厳たっぷりに言った。

この二人は、一体何者なんだろう。軍人にしても宗教家にしても、どうも様子がおかしい。

言うなれば、亜門やコバルトに少しばかり似ていた。

「ところで、その人間も迷える子羊なんですか？」

風音はアザリアに問う。

「ええ」

「ふぅん。まあ、確かに貧相な面構えに地味な風体ですけどね」

非常に失礼なことを並べながら、風音はじろじろとこちらを眺める。そして、「あれ？」と声をあげた。

「もしかして、この人間は――」

「さあ、行きましょうか。時間は有限ですからね」

アザリアは風音の顔を摑《つか》んだかと思うと、ぐるりと明後日《あさって》の方へ向ける。ごりん、と妙な音がした。

「ぎゃっ！　く、首が変な方向に……！」

「失礼。痛みがあるならば、道すがら治しましょう」

アザリアは笑顔でさらりと言う。穏やかな振りをして、意外と強引だった。

「時に、ツカサ」

「は、はい」

「あなたに奇跡が訪れた時、我らが主に感謝を捧《ささ》げて下さい。それが、天の門に近づく鍵《かぎ》となるでしょう」

「あなた達の、主……」

アザリアは「では」と会釈をすると、風音の背中をぐいぐいと押して去って行く。アザリアは、最後に僕が棚に戻そうとした聖書を見ていたような気がした。

「……何だったんだ」

アザリアに握られた手を見つめる。ぬくもりというよりも、そこには熱が宿っていた。妙な万能感が湧《わ》き上がる。

「変な感じ……」

　何となくそれを受け入れ難くて、潰してしまうように手を握った。濃厚な脂ののった肉を食べた後のような、胸やけにも似た感覚が私を支配していた。

「早く、亜門のところへ行かないと」

　随分と遅くなってしまった。

　亜門は怒らないだろうけれど、心配しているだろう。

「いっそのこと、怒ってくれればいいんだけど」

　ぼやきながら、〝止まり木〟を目指す。しかし、壁の突き当たりにやって来た私の足は、自然と止まった。

「あ、あれ？」

　見慣れた木の扉はない。珈琲《コーヒー》の香りもしない。

　そこはただの、壁だった。

「亜門……？」

　売り場を見渡す。だが、あの紳士然とした友人の姿は見当たらなかった。

　妙な胸騒ぎがする。

　本を抱えている書店員を呼び止めた。亜門は目立つ風体だ。特徴を言えば、彼を知らない人間でも分かるだろう。しかし、手掛かりは得られなかった。

「亜門は外に出ていない……？　それじゃあ、どうして〝止まり木〟の扉が見えないんだ？」

他のフロアも探してみた。玉置にも出会ったので聞いてみたが、「亜門さんの姿は見てないよ。開店前に、四階に扉があるのは見たけど」と言っていた。

亜門は〝止まり木〟にいる筈《はず》だ。しかし、再び戻って見てみても、私に扉は見えなかったのであった。

取り残されたような気持ちになりながら、新刊書店を後にする。

一体、どうすればいいのか。

何が起こったというのか。

こんな時、亜門が携帯端末を持っていればいいのにと思う。彼には不似合いで無粋な道具だが。

「ん……？」

胸のポケットの中で、携帯端末が震えていた。取り出してみると、着信があるのに気付く。

「あっ、この番号は……！」

前の会社の上司からだった。当時はずいぶんと世話になったものだ。

会社が無くなってしまった今、一体、何の用だろうか。

「はい、名取《なとり》ですけど」

着信を取ると、『おお、突然すまないな』と聞き覚えのある男性の声がした。

ひどく懐かしい。ほんの数カ月しか経《た》っていないのに、何年も会っていないような気分になった。

声を聞く限りでは元気そうだった。

夜逃げの一件は、上司もだいぶ苦労させられたそうだが、知り合いが経営する会社になんとか転がり込めたのだという。

『お前はどうなんだ。元気でやってるのか？』

「ええ、まあ……」

『もし、就職先が見つかってなかったら、どうだ？』

「何がです？」

『うちで働かないか？　と言っても、俺の会社じゃないけどな』

上司は電話越しに笑う。

一瞬、言っていることが分からなかった。震える手で何とか携帯端末を摑みながら、話の続きを聞く。

『事業を拡大するにあたって、人手が欲しくてね。新たに正社員を雇おうとしているんだが、面接を行うよりも、素性を知っている人間を入れた方がいいと思ってな。そこで、お前に声をかけたのさ』

「ど、どうして、私なんですか？　他にも同期はいたのに……」

『お前が、一番真面目《まじめ》で堅実に仕事をこなしていたからだよ。お前みたいな人間が手足になってくれるのは心強くてね。だから、真っ先にお前に声をかけたんだ』

携帯端末を落としそうになる。

何という申し出だろう。地味で目立たず、黙々と仕事をしていただけの私が、そんな評価を受けていたとは。

『で、どうだ？　給与は前職と同じか、それ以上貰えるように、社長に交渉してみるが』

破格の待遇だった。安定した正社員で、しかも、給与も保証されている。

それに、上司の人柄は知っていた。残業を許さず、定時を過ぎたら「帰れ」と部下に促すような人だった。部下がミスをしたとしても、ミスを憎んで人を憎まないような人物だった。

そんな人の下でまた働けるのは、この上ない幸運だ。正に奇跡だ。

それに、社長も上司の知り合いというのだから、いきなり消えたりはしないだろう。

『すぐに結論を出せとは言わないが、今のところ、お前はどう思ってる？　うちで、働こうという気はあるか？』

「は……」

はい、と返事をしそうになるのを、ぐっと堪《こら》えた。

亜門の顔が過ぎったからだ。

亜門は、浮世の社会に繋《つな》がりを持っていた方がいいと言っていた。きっと、この話も喜んでくれるだろう。もし、私が就職をして、従業員でなくなっても、友人としてあの店に迎えてくれるだろう。

しかし――。

「い、いえ」

『うん？』

「す、すいません……。バイト先を見つけて、そこで今、雇われてるんです……」

『バイトねぇ……。そこでは、正社員になれそうなのか？』

「い、いいえ。その、個人経営の店ですし、そういう次元の話じゃなさそうで……」

『で、お前はそこで働き続けたいということか』

「は、はい……」

『ふぅん』

逡巡する気配がする。その沈黙が、永遠のように思えた。

生ぬるい汗が頰《ほお》を伝う。ぐっと固唾《かたず》を呑み込んだ時、『そっか』と溜息《ためいき》交じりの声が、電話口から聞こえた。

『それでもお前が働きたいっていうなら、よっぽど、その店が魅力的なんだろうな』

皮肉でもなく、心から残念そうなその声色に、胸がちくりと痛む。

「すいません、ご期待に添えなくて」

『いいんだよ。気にするな。他を当たってみるさ。それにまあ、新しい出会いを求めるっていうのも、そんなに悪い話じゃない』

上司は、明るくそう言った。しかしそれは、すぐにしみじみとしたものになる。

『それにしても、良かったな』

「えっ？」

『夢中になれるような職場に出会えたんだろ？　お前は部下としては見どころがあったけど、毎日があまり面白そうじゃなくてな。それが、心配だったんだ』

思わず言葉を失う。そんな私に、上司は続けた。

『でも、お前の声色を聞く限りでは、元気にやってそうで良かった。夢中になれることがあるなら、正社員だろうがアルバイトだろうが、個人事業主だろうが関係ない。お前の行きたい道を、全力で進めよ』

「……はい」

電話越しに、深く頭《こうべ》を垂れた。

とても頼もしい言葉だった。背中を強く押された気分だった。

それから、二言三言交わし、上司との通話を終えた。

辺りのざわめきが戻る。靖国《やすくに》通りを往《ゆ》く自動車のエンジン音が聞こえる。スーツ姿のビジネスマンが、目の前を通り過ぎていった。古本屋の紙袋を持った初老の男性が、新刊書店へ入っていく。

「……僕の行きたい道、か」

信頼している上司の、正社員への誘い。非常に魅力的なそれを断ってしまったのは何故《なぜ》か。

「僕は、亜門のところで働きたいのか……」

自分でも、自分の行動が信じられなかった。

しかし、心の奥では、やけに清々《すがすが》しい気分だった。

確かに、〝止まり木〟は浮世に対する保証がない。社会的に、心許《こころもと》ない場所だった。

だが、それが何だというのだろう。あの店には、人生の岐路に立たされたひと達がたくさんやって来る。そして、亜門がそんなひとびとの物語をハッピーエンドに導く。

そんな様子をそばで見ているだけで、多くのものが得られるような気がした。給与や社会的地位よりも大切なものが……。

「もう一度、行ってみよう。もしかしたら、〝止まり木〟が見えるかもしれない」

その想《おも》いは、確信に満ちていた。あの、胸やけのような感覚は残っていない。

踵《きびす》を返して、新刊書店の中に戻ろうとする。

しかしその時、目の前に、見覚えがある人物が佇《たたず》んでいるのに気付いた。

「やはり、お前が名取司か」

あの風音と呼ばれた青年だった。腰に手を当て、横柄な態度で私の名を呼んだ。

「視察の案内が早く済んで助かった。まさか、噂《うわさ》の人間がこんなところにいるとは。お前を狩れば、僕の今月のノルマは達成される」

「な、何を言っているんだ。君は一体、何なんだ！」

宗教家でも軍人でもない。いや、その両方でもあり、それ以上のものにも思えた。

「僕は風音。トーキョー支部所属、階級は天使《エンジエル》だ！」

ごう、と風が巻き起こる。その手には、いつの間にか細身の剣を携えていた。テレビゲームで見たことがある。レイピアだ。

「え、エンジェル⁉」

耳と目を疑う。白昼夢でも見ているのだろうか。

しかし、私の雇用主は魔神だし、その友人もまた魔神だ。人の人生を本にしたり、不思議な庭園に誘ったりもする。

彼らは現実に生き、現実で魔法を使っていた。

ならば、これもまた現実だ。悪魔がいれば、天使もいるだろう。

「ど、どうして天使が僕を……」

「決まっているだろう。悪魔と繋がっているからさ。地獄帝国の侯爵とともにいるところを我らの同胞が目撃しているんだ！　この、悪魔崇拝者め！」

「侯爵ってことは、亜門か……。亜門は確かに魔神だけど、悪事を働いているわけじゃないだろ！」

多少、発言や発想が黒かったり、たまに意地悪だったりもするものの、やっていることは善行であり、また、人間を愛していた。

「亜門は、人間の作り出した書物を好み、人間の人生を大切にしている。か、仮に君が天使だとしても、非難される謂《いわ》れはないよ！」

「問答無用！」

風音がレイピアを振るう。「ひぃ」と悲鳴をあげつつ、反射的にしゃがんだ。

頭上でガラスが飛び散る。背後にあった建物の窓に、レイピアが容赦なく突っ込んでいた。あと少しで、頭が真っ二つにされるところだった。

「なんて無茶苦茶なんだ……」

地面に落ちたガラスに目をやる。風音の姿が映っていた。その背中には、純白の翼が見える。白鳥のような見事な翼は、正しく天使のそれだった。

「どうやら、天使だというのは本当のようだな……」

私は呻く。天使という単語がやけに浮世離れして、いっそのこと滑稽《こっけい》だった。

「我らが主を、そいつの主とさせたら一点、堕落した人間を業火で焼き、然《しか》るべき場所へ堕《お》とせば二点。つまり、お前をここで処せば、二人改宗させたことに匹敵する」

風音は指を二本立てる。

「……ノルマがどうこうと言っていたけど、それのことかい？」

「そうだ。我らは月のノルマを達成しなくてはいけない。未達成の者は煉獄《れんごく》管理部行きだからな！」

「天使とか宗教家とか軍人というより、サラリーマンだね！」

大金持ちの隠居老人のような暮らしをしている友人の魔神に対して、天使社会は世知辛い。

「あの方はお前に奇跡を託して救おうとしたようだが、お前はそれを撥《は》ね除《の》けた。地獄に堕とす理由は充分にある」

アザリアの言葉を思い出す。私の手を握った後の、奇妙な感覚を思い出す。

あの方とはアザリアのことだろう。彼もまた、風音と同じで天使だったのだ。

「もしかして、〝止まり木〟が見えなくなったのは……」

「あの方は、お前に奇跡を授けた時、一時的に我らの結界を張っていた。魔神の魔力を受け付けなかったはずだ」

なるほど。恐らく、〝止まり木〟の扉は出現していたのだ。しかし、結界に阻まれ、私にはそれが見えなかった。

「奇跡っていうのは……」

携帯端末を握りしめる。私の言わんとしていることを理解したようで、風音は頷いた。

「あの方は、お前の切れていた縁を修復したんだ。お前が望む、安定的な生活をくれてやろうとしてな。しかし、お前はそんな想いまで無下にした！」

風音はレイピアを構える。

上司から電話が来たのは、アザリアがくれた奇跡がためだったのだ。職を失ったことで切れてしまった上司との縁を、繋いでくれたからだった。

「……久々に上司の声が聞けたのは嬉《うれ》しかったけど、他人に貰った幸運を素直に受け取ることは出来ない。そんな安っぽいもので人生が開かれるなんて、僕は御免だ」

「安っぽい、だと？　お前が望んだことだというのに！」

「何の代償もなしに与えられるから、安っぽいと言ったんだ。それに、自分の人生くらい自分で歩みたい！」

気付いた時には、怒鳴っていた。しかし、風音は「ふん」と鼻で嗤《わら》う。

「いずれにせよ、悪魔崇拝者であるお前は地獄行きだ！　僕のノルマのために、死ね！」

風音は再びレイピアを振るう。

「冗談じゃない。サラリーマン天使のノルマ稼ぎのために、死んでたまるか！」

とにかく、今は逃げなくては。

亜門に助けを求めようか。しかし、新刊書店の中は危険だ。風音が暴れて建物が崩れたら、大勢の人を巻き込むことになる。

私は走った。路地裏から出て、靖国通りに躍り出る。

人通りが多い場所だが、建物の中と違って逃げ道はある。通行人に紛れて逃げてしまえばいい。

「……いや」

しかし、何かがおかしい。街のざわめきが、一切聞こえない。

それどころか、靖国通りには自動車の一つも走っておらず、ずらりと並んだ古書店の前は、誰も歩いていなかった。

「どうして、誰もいないんだ……？」

「結界だ」

風音は無慈悲に言い放つ。

「浮世への干渉を避けるために、僕を中心に結界を張っている。そして、浮世からこちらにも干渉は出来ない。お前を、じっくりと裁けるということだ」

裁き。レイピアの冷たい輝きが、その絶対的な力を物語っているかのようだった。

「くっ……！」

こんなところで消されてはたまらない。兎《と》に角《かく》、風音の手から逃れようと走り出す。

もしかしたら、結界とやらの外に出られるかもしれない。

尤《もっと》も、私がそれまで無事でいられるかが問題だが。

「待て、二点！」

「くそっ、ノルマの点数になってたまるか！」

全力で走る。脚が引き千切れんばかりに走る。

明大《めいだい》通りの坂を駆け上るが、やはり、誰もいない。空は灰色一色で塗り潰され、今にも雨が降り出しそうだ。

「はっ……はっ……」

息が苦しい。身体《からだ》が汗だくだ。足の裏がびちゃびちゃになっている。

自分は今、何処《どこ》を走っているんだろう。明大通りからそれて、脇道をひた走っていた。

現在位置がよく分かっていないのに、立ち止まろうという気はなかった。

「いい加減、引導を受けるがいい！」

ひゅっと風を切る音がする。姿勢を低くして避けようとしたものの、狙いは、私ではなかった。

アスファルトが砕ける音がする。足場が崩された。私の身体は地面に投げ出される。

「うぁ……」

受け身を取り損ねて、背中を打つ。

風音が、レイピアを投げたのだろう。それを証明するかのように、地面にレイピアが突き刺さっていた。

「このような場所を目指していたとは。無宗教と言いつつも、お前は主の慈悲にすがりたかったものと見える」

風音は大地に舞い降り、つかつかと距離を詰める。

私が顔を上げると、そこは、ニコライ堂の前だった。

正式名称は、東京復活大聖堂。正に、風音達の〝主〟の領域だった。

荘厳な白亜の建造物が、無言で私を見下ろしている。私はいつの間にか、黒い鉄製の門をくぐっていた。

風音は突き立っているレイピアを引き抜く。何とか逃げなくてはと思うものの、身体が動かなかった。背中の痛みと疲労で、すっかり言うことを聞かない。

そんな私を見下ろして、風音はこう言った。

「だが、僕にだって慈悲はある。悔い改め、改宗をすると言うのなら刃《やいば》を収めよう。点数が二分の一になるけどな」

「具体的には、悪魔崇拝をやめて我らが〝主〟を主とすることだ」

「改宗……？」

「というか、悪魔崇拝をしているわけでもないんだけどね……」

風音は、「問答無用だ」とぴしゃりと言った。

「奴らとつるんでいること自体が罪だ」

「無茶苦茶な……」

私は呻く。

上がっていた息は、少しずつ落ち着いて行く。しかし、激しく脈動する心臓はそのままだった。

「もし、僕が改宗したらどうなるんだ？」

「お前は晴れて、地獄行きから煉獄行きになる。天の国が少し近くなるということだな」

「亜門達とはどうなる？」

風音は、「ハッ」と鼻で嗤った。

「改宗を選んだら、僕の手で〝断罪〟を行い、奴らとの縁を切る。お前はもう、地獄の連中とは関われないのさ」

「な、なんだって……!?」

亜門と会えない？　コバルトとも会えない？

天使に縁を切られるということは、そういうことを指しているのだろう。

「じょ、冗談じゃない……」

「まあ、自分が依存していたものとの繋がりが断ち切られて困るのは分かる。だが、奴らと関わる前の自分に戻るだけじゃないか」

風音は肩をすくめた。

そう。全《すべ》ては元に戻るだけ。

朝起きて、朝食をとり、出勤をする。行き先は、新たなる就職先だ。与えられた仕事をやり、決められたことをこなし、周囲と当たり障りのない関係を築く。そんな、平穏な日常が待っている。

本好きで繊細で、人と関わるのが好きな店主とも、ひょうきんで騒がしく、嵐《あらし》のような店主の友人とも会えない。

そんな日々が待っていると思うと、ぞっとした。胸に、ぽっかりと穴が空いたような気がした。

「あのひと達との縁は大切なものだ……。あのひと達が、僕に大切なことをたくさん教えてくれたんだ」

「悪魔の知恵というやつか」

「違う！」

私の叫びに、風音は驚いたように目を見張る。私自身も、自分の声に驚愕《きょうがく》した。

だが、すぐに気を取り直す。

「人として、人らしく、人の中で生きる術《すべ》を学んだんだ。好きなものに忠実であり、他人との縁を大切にし、偏見に囚《とら》われずに物事を見るべきだって」

「ふぅん」

風音は、理解出来ないと言わんばかりに目を細めた。

「お前は何故、魔神どもにそこまで肩入れをするんだ」

目の前の天使の顔が、苛立《いらだ》ちに歪《ゆが》められる。しかしもう、恐れはなかった。

「友達だからさ」

「友達、だと……？」

「そうさ。友人との縁を失ってまで生き延びるのは、僕は御免だ！　改宗とか信仰とかは関係ない！　僕はただ、彼らとの友情を選ぶ！」

その言葉に、迷いはなかった。

「改宗する気はないということか」

風音が嫌悪感を剝《む》き出しにする。

「ならば、その友情とともに地獄の最下層まで堕《お》ちるがいい！」

高らかにレイピアが掲げられた。ニコライ堂の十字架と重なり、これでもかというほどの威厳を示す。

しかし、私の心は変わらない。兎に角、ここでどうにかして逃げよう。風音が諦《あきら》めるまで、ひたすら走ろう。生き延びて、あの友人達に会うために。

振り下ろされるレイピアから逃れようとする。しかし、速い。あっという間に、私の眼前に切っ先が迫った。

その時だった。

ふわりと、甘い香りが鼻腔《びこう》をかすめた。目の覚めるような青が、私の前に立ちはだかる。

「よく言った、アモンの友人よ！」

「あ……っ」

聞き覚えのある声が、高らかに叫ぶ。

「君の覚悟、このコバルトが聞き届けた！」

「コバルトさん……！」

風音のレイピアを受け止めたのは、ステッキを携えたコバルトだった。相変わらずの派手な帽子に華美な衣装だったが、その背中は、とても頼もしかった。

「どうして、ここに……？」

「出勤時間になっても現れないツカサを、アモンが心配していたんだ。嫌な予感がしたから、二手に分かれてこの周辺を探していたんだが、まさか、天使に襲われていたとはね」

コバルトのステッキは、風音のレイピアを弾《はじ》く。風音はたたらを踏むものの、すぐに体勢を整えた。

「僕の結界に入り込めるなんて、何者だ。主の加護はないと見える。異教の魔神か！」

「お前に答える義理はないね」

コバルトは素っ気なく言った。帽子をひょいと持ち上げると、私に向かって投げ付ける。

「わっ、と」

「ツカサ。それを持って、安全な場所に隠れていたまえ」

「え、でも、これは」

「お気に入りの帽子と、友人の友人は傷つけたくないものでね」

コバルトが片目をつぶる。私は頷き、コバルトの帽子をしっかりと抱いて、敷地内の建物の陰に隠れた。

それにしても、コバルトは大丈夫なんだろうか。彼は亜門と違って現役の魔神のようだが、相手は軍人さながらの天使だ。たたずまいで言えば、相手の方が戦闘向きである。

しばらくの間、両者は睨《にら》み合っていた。

充分な間を置いて、風音がハッとしたように言った。

「そうか。その、嵐の後の空のような髪……、思い出したぞ。あの忌まわしき名の、憎たらしい魔神か」

「……不名誉な名前を口にするのは、控えて貰えないか？」

コバルトの申し出に、風音は鼻で嗤った。

ふと、鉛のような色をした空を見上げる。あまりにもその色が重々しく、今にも落ちて来そうだった。

雲の向こうから、雷鳴が響き始める。湿った風が、私の頬を撫《な》でた。

何やら、不穏な気配がする。嵐の前触れか。

「不名誉？　事実じゃないか。貴様は我らが主にとって永遠の敵対者であり、忌まわしき存在！　あの名前こそ、貴様にお似合いだ！」

「黙れと言っている」

コバルトの制止は、ぞっとするほどに冷ややかだった。

しかし、風音の罵倒《ばとう》は止まらない。

「いいや、黙らないね。この――」

一瞬の溜《た》めの後に、罵《ののし》るようにこう言った。

「蠅の王《ベルゼブブ》め！」

「え……？」

我が耳を疑った。

しかし、確かに天使は、コバルトをあの名で呼んだ。

忌まわしき魔神、ベルゼブブと。蝿の王と。

コバルトは黙っている。彼の長い前髪のせいで、表情がよく見えない。

ごうっと強い風が吹く。彼の帽子が飛ばないよう、抱きしめるように包み込んだ。

彼が、ベルゼブブ？

あの、醜悪な姿の魔神だというのか？

あんなに綺麗《きれい》な姿をしているのに、亜門のように異形の正体があるというのだろうか。

「——違う」

驚くほどに低く、冷えた声だった。一瞬、誰が発したのか分からなかった。しかし、口を動かしているのはコバルトだった。

「俺は、その名を受け入れていない。そして、あの姿も。貴様らとその信者が生み出した概念は、俺のものではない」

「そうは言っても、今の貴様には信者がいない。なにせ、貴様を信仰していた文明は、人間によって滅ぼされてしまったからな。信者のいない神は消えるしかない。消えないためには、別の概念を受け入れるしかないだろう⁉」

彼を信仰していた文明？　信者のいない神？

彼もかつては、神として信仰されていたというのだろうか。

コバルトは黙っていた。

その沈黙が、ひどく恐ろしかった。まるで、嵐の前の静けさだ。

「まあ、仮に信者が残っていたとしても、遅かれ早かれ、我らが〝主〟の声を聞いた預言者が、あのカルメル山の一件のように、貴様の信者と祭壇を打ち滅ぼしていたことだろうけどな。結局のところ、貴様も貴様を信仰していた者も、我が〝主〟の前に屈する運命なんだ！」

風音がまくしたてる。しかし、コバルトは沈黙していた。いや、大気そのものがしんと静まり返った。

風が止《や》み、木々のざわめきが途絶えた。空気が止まり、生ぬるい汗だけが頬を伝う。

風音もまた、口を噤《つぐ》んだ。彼も異変に気付いたのだ。

真っ黒な暗雲が頭上を渦巻いている。それを見上げた瞬間、閃光《せんこう》が走った。

「……っ！」

耳をつんざくような轟音《ごうおん》が響き渡る。落雷だ。鉄槌《てっつい》の如《ごと》き稲妻が、両者の間に降り注いだ。

風が吹き、大気が動き始める。木々の枝は呻くように薙《な》ぎ払われ、引き千切られた木の葉は聖堂に次々と張りついた。

「……口を慎めよ、小僧」

風がコバルトの前髪を煽《あお》り、上空の閃光が貌《かお》を照らす。

その端正な顔に、表情はなかった。その代わりに、双眸の殺気は雷光のごとく鋭かった。

「——ぶち殺されたいのか?」

整った唇から発せられるのは、凍《い》てつくような声だった。

おそろしい。

私は全身全霊でそう感じていた。身体は逃げたいと言っていた。しかし、魂はその場から動かなかった。いや、動けなかった。

あれは、本当に私の知っているコバルトなのだろうか。

風音は一歩、また一歩と下がる。レイピアを強く握りしめ、自身を襲う威圧感に勝とうと必死だった。しかし、顔は青ざめ、奥歯が小刻みに鳴っていた。

「俺のみならず、我が信者まで侮辱するとは、貴様はよほど滅《めっ》されたいと見える」

「くっ……」

「聖地カナンを失った屈辱、貴様で晴らしてやってもいいんだぞ」

「ほざけ!」

風音は地を蹴《け》る。

速い。疾風の如き勢いで、コバルトの懐に潜《すん》り込まんとした。

刹那《せつな》、落雷が風音の目の前を走る。風音は既でのところで踏みとどまった。その隙《すき》を、コバルトは見逃さなかった。

大気中に走る電気が、コバルトのステッキに集まる。雷光は徐々に大きくなり、まるで、槍《やり》のような姿に成長した。

「下級兵士が。相手を見て戦いを挑むんだな」

吐き捨てると同時に、雷の槍が風音の正面に叩《たた》き込まれる。

「——くっ！」

まともに受けてはいけない。そう思ったのか、風音はレイピアをかざす。だが、それも無駄だった。

レイピアはあっさりと折れる。次の瞬間、風音の身体はまばゆい閃光に包まれ、吹き飛ばされていた。

「ぐっ、あっ……！」

ゴロゴロと大地を転がる。力の差は、歴然だった。まさか、あの明るくひょうきんな彼に、こんな無慈悲で恐ろしい力が秘められていたとは。

「末端とは言え、貴様も〝あってあるもの〟の兵士。翼を引き千切り、あの十字架にでも掲げてやれば、〝あってあるもの〟も黙ってはいないだろう」

「う……っ」

コバルトは、倒れた風音の前髪を掴み上げる。

雷光が走る雲を背にしたニコライ堂の十字架は、真っ黒に塗り潰されているように見えた。

「コバルトさん……」

いけない。

直感的にそう思った。彼をこのままにしてはいけない。

今の彼は、完全に我を忘れている。静かに怒っているけれど、冷静さを欠いている。

「コバルトさん、待って下さい！」

しかし、コバルトはこちらを振り向かない。聞こえていないのだろうか。

「そのひとを掴んでいる手を放して！　あなたの圧勝だ。だから、もういいでしょう！

これ以上、痛めつける必要なんてない！」

「……ツカサは」

コバルトはこちらを見ずに、ぽつりと呟《つぶや》く。

「我々にとって、信仰してくれている者がどれほど重要であるか、分かっていないんだ」

「で、でも……」

「こいつは、君達でいう家族と同じくらい重要なものを侮辱し、穢《けが》した！　こいつの翼を引き千切り、両目を抉《えぐ》り、舌を焼いても足りないくらいだ！」

コバルトは落ちていたステッキを拾い上げる。ステッキにはまだ、雷の名残があった。

押し付ければ、目など簡単に焼けてしまうだろう。

「ぐ……くそっ」

風音は抵抗しない。いいや、抵抗出来ないのだ。コバルトの攻撃をまともに受けた彼に、そんな余裕は残っていなかった。

ステッキが容赦なく振り下ろされる。

「ダメだ、コバルトさん！」

私は咄嗟《とっさ》に走り出そうとする。しかし、間に合わない。

だが、コバルトのステッキもまた、風音に届かなかった。

「お待ちなさい、コバルト殿。あなたらしくありませんぞ」

両者の間に割って入ったのは、亜門だった。

コバルトのステッキは、亜門のステッキに阻まれている。コバルトも、かばわれた風音も、驚愕の表情で目を見開いていた。

「アモン、どうして……！」

「あなたがあれほど魔力を放出していたというのに、分からないものなんぞおりません」

コバルトは、力なくステッキを落とす。解放された風音もまた、へなへなとその場に倒れ伏した。

「違う。どうして、こいつをかばうんだ。こいつは、〝あってあるもの〟の兵士だぞ！」

「しかし、この地は人間の心の支えとなっている場所。何人《なんぴと》たりとも、穢してはいけません」

　ニコライ堂の十字架を見上げた後、亜門は首を横に振る。しかし、コバルトは怒鳴った。

「聖域が何だ！　これは意趣返しだ！　カルメル山の雪辱を、ここで晴らして――」

「高き館の王《バアル・ゼブル》！」

　亜門の一喝が、渦巻いていた空気を四散させる。殺気も冷気も、一瞬にして失《う》せてしまった。

　その後に残ったのは、呆気《あっけ》に取られているコバルトだけだった。

　亜門は、重々しく吐き出すように言った。

「……どうか、私に見損なわせないで下さい」

「…………すまない」

　コバルトはうつむいた。すっかり、意気消沈していた。

「あの、これ、コバルトさんの……」

　私はおずおずと帽子を差し出す。コバルトはそれを静かに受け取り、目深に被《かぶ》った。

「君にも迷惑をかけたな。悪かった」

「いえ、そんな……」

　コバルトは背中を向けてしまう。それっきり、こちらを見ようとはしなかった。

「くそ……」

風音は折れたレイピアを手に、何とか立ち上がろうとする。しかし、足に力が入らないのか、ひどくふらついていた。

亜門は、それを冷静に見つめる。

「おやめなさい。その怪我《けが》では戦えませんぞ。それに、私も現役を退いているとは言え、魔神の一柱。あなたは、ここで撤退すべきではありませんかな?」

「だが……、異教の魔神に屈するわけには……!」

風音はおぼつかない足取りで、前に進もうとする。しかし、足がもつれて膝《ひざ》をついてしまった。

「見ていられませんな」

亜門が手を差し出す。しかし、風音はその手を払った。

「手助け無用! 魔神に同情されるほど堕ちていない!」

「——貴様っ」

声をあげたのは、コバルトだった。踏み出そうとするのを、亜門が制止する。

だが、風音も負けてはいない。震える手で、折れたレイピアを構えた。

空気に緊張が走る。一触即発だ。しかし——。

「何をしているのです、カザネ」

すっと空気の重苦しさが消えた。

分厚い暗雲が途切れ、わずかな光が降り注ぐ。それはニコライ堂の十字架を照らし、美しいドームを浮かび上がらせた。

ニコライ堂の門の前に、見覚えのある人物が佇んでいた。

「あっ、アザリアさん……！」

「ラファエル殿」

彼の姿を見た亜門が、声をあげる。

その名前にぎょっとした。

「ら、ラファエルって……！」

ラファエルという名前は、私ですら知っている。非常に有名で、強大な力を持つ天使だ。

「そう。彼は大天使ラファエル殿です。よく、人として地上を視察しておりましてな。時に癒《いや》しの力を使い、奇跡を起こすのです」

亜門はそう言った。私の縁を修復したのも、その癒しの力のうちの一つなのだろう。

ラファエルと呼ばれた彼は、恭《うやうや》しく一礼した。

「この度は、私の部下がご迷惑をおかけしました」

「ら、ラファエル様！　どうして頭を下げるんですか！」

風音は抗議の声をあげる。

「カザネ。やけに視察を早く終わらせたがっていると思ったら、こういうことですか。まさか、ツカサに手を出そうとは」

「で、でも、あいつ、ラファエル様の授けた奇跡を無下にしたんですよ？　それに、悪魔に惑わされている。地獄行き決定じゃないですか！」

「カザネ」

アザリアは言葉を遮った。静かではあったが、威厳があった。風音は即座に口を噤む。

「あなたは三つの過ちを犯している」

癒しの天使は、長くもしっかりとした形の指を、びしっと立ててみせる。

「一つは、ツカサとともにいた魔神がアモン侯爵であったこと。彼は、他の魔神とは異なります。今、隠居をしている身で、魔神という立場にありながらも魔神ではありません。だから慎重に様子を見ようと思ったのに、あなたは愚かにも目先のノルマに囚われて……」

「……すいません」

ノルマという言葉を聞いた途端、風音は萎縮《いしゅく》する。

「二つ目は、ベル――いや、バアル・ゼブルに戦いを挑んだこと。彼はもともと、豊穣神《ほうじょうしん》でありながらも、嵐を操る戦の神でした。とうに信仰が失われているというのに、その力はまだ残っている。その理由は分かりませんが、あなたの勝ち目は、まずありません」

風音はコバルトを見やる。しかし、コバルトは何も答えなかった。

アザリアは、「三つ目は」と三本目の指を立てる。

「ツカサの目を御覧なさい。あれが、惑わされている者の目でしょうか？」

ラファエルが示したのは、私だった。

その場にいた全員が、つまり、魔神二柱と天使ふたりが私の方を見やる。

「え、えっと……」

「真《ま》っ直《す》ぐでいて、迷いがない。あれは未来を見据えられる者の目です。彼はアモン侯爵に惑わされているのではなく、強い絆《きずな》で繋がっているのでしょう。私の与えた奇跡も、その強い意思のもとで撥ね除けたのです」

「人間と魔神の絆……」

風音は、理解出来ないと言わんばかりの表情だった。

「でも、そこを曲げさせて信仰を変えさせるか、処して魔神への信仰を失わせないと、〝主〟のお力もまた……」

「どうやら、彼のアモン侯爵に対するそれは、信仰ではないようですよ」

「信仰では……ない？」

風音が呟いた。私の言った友人という関係も、信じられていないようだ。

気付いた時には、辺りに人々のざわめきが戻っていた。ニコライ堂の前を、学生達がお喋《しゃべ》りをしながら歩いていた。大通りの方からは自動車が行き交う音が聞こえる。

時間が経ったためか、結界が消えたのだ。

ニコライ堂にやって来た観光客と思《おぼ》しき男女が、我々の方を見て驚いたような顔をする。

何せ、私を除く四者は目立つ。海外より来日した俳優が、映画の撮影でもしているかのようだった。

「やれやれ。ここで立ち話をしてはいけませんな。人間の祈りの場ですし」

亜門はそう言って、踵を返す。そして、天使ふたりにこう言った。

「どうです。我が隠れ家で珈琲でも」

「アモン、こいつらを君の巣に連れて行くというのか⁉」

コバルトは抗議した。

「ええ。ラファエル殿とは旧知の仲ですし。もてなすのは当たり前のことですぞ」

「冗談じゃない！〝あってあるもの〟の兵士だぞ！」

「では、あなたは日を改めてお招きするということでいかがですかな」

その言葉に、コバルトは目を剝いた。

「俺だけ仲間外れにするのか⁉」

「いいえ。特別待遇と言って頂きたいですな」

亜門にそう言われたコバルトは、頰を思いっ切り膨らませる。まるで、子供のようだ。

「し、仕方がない！アモンに免じて、〝あってあるもの〟の兵士の同席を許してやろう！」

「貴様になんて許して貰いたくは――むぐっ」

抗議しようとした風音の口を、亜門とアザリアが塞《ふさ》いだ。

「恐縮です、コバルト殿」

「しかし、無理に同席させて頂くのも申し訳ないですね。それに、我らの立場もありますし」

アザリアは眉尻《まゆじり》を下げる。しかし、亜門は意味深に微笑《ほほえ》んだ。

「いいえ。時にはお互いの立場を忘れて、同じサーバーの珈琲を飲むことも必要ですぞ。そうすることで、見えてくることも御座いますからな」

「そういうものですか」

「ええ。そうでしょう、司君？」

急に話を振られた。

「え、はい、まあ」と曖昧《あいまい》な反応をしてしまう。そんな私に、亜門はくすりと笑った。

鉛色の雲は、すっかり失せていた。私達五人は、ニコライ堂を背にして、神保町へと向かったのであった。

〝止まり木〟は珈琲の香りで満たされていた。

積み上がった本のせいで狭い店内が、大人数のせいで更に狭くなっている。私は亜門が淹《い》れた珈琲を全員に行き渡らせると、末席と思われる場所に腰を下ろした。

「いやはや、司君は災難でしたな」

亜門が苦笑する。

「ええ、まあ。まさか天使に追いかけられるなんていうエキサイティングなことになるとは、思いもしませんでした……」

「申し訳御座いません。我が部下の非礼を詫《わ》びます。——ほら、カザネも頭を下げなさい」

アザリアに頭を掴まれ、風音は「ぐぬぬ」と呻きながら頭を下げる。非を認めるつもりはないのだろう。その証拠に、さっきから亜門とコバルトの方を物凄《ものすご》い形相で睨みつけている。

「あ、あの、アザ——ラファエルさんが謝ることは……」

「アザリアで構いません。その名前もまた、私ですから」

「それじゃあ、お言葉に甘えて」

ラファエル、と口にするのは躊躇《ためら》われた。何せ、私ですら知っている、超有名天使だ。未《いま》だに、目の前の彼がそれだとは信じ難い。

「そして、バアル・ゼブルあなたにも非礼を詫び——」

「要らないね」

コーヒーカップに唇を添えながら、コバルトは素っ気なく返した。

「アモンと違って、俺は君らと馴《な》れ合うつもりはない。むしろ、滅してやりたいくらいだ」

「この……！　それはこっちだって——」

風音は立ち上がるが、「カザネ」とアザリアが制止する。

「やめなさい。一般兵であるあなたと軍医の私では、勝ち目はありません」

「では、ミカエル様とウリエル様を……！」

風音の口から大物の名前が飛び出る。アザリアは、「ああ」と嘆くように顔を覆った。

「どうして争おうとするのです。あなたは、いいえ、あなた達は本当に血の気が多い。いっそのこと、献血をなさい。血を抜けば、少しはすっきりするでしょうし、救済にもなりましょう。あと、牛乳や魚でカルシウムをとるのです」

「争い事を避けたいという点では、ラファエル殿に同意ですな。お互いの領分を侵さぬよう、静かに生きたいものです」

亜門はしみじみと頷く。

「ただ、パイは一つしかない」

風音は呻いた。

「ならば、切り分ければいい。カルメル山の一件のように、パイの一部を燃やすなど、言語道断だ」

コバルトは、吐き捨てるようにそう言った。

「あの、カルメル山の一件って……」

私は遠慮がちに問う。

すると、亜門が一番先に口を開いた。

「昔々、キリスト殿が生まれる、更に昔のことです」

つまりは紀元前、旧約聖書の時代。

〝あってあるもの〟を名乗る神の声を聞く、或《あ》る預言者がいた。

彼は飢饉《ききん》で苦しむ地で、異教の神の預言者と、どちらが奇跡を起こせるかという対決をした。異教の神の預言者は四百五十人。彼らが先に神へ祈るものの、神は一向に応《こた》えなかった。しかし、〝あってあるもの〟の預言者は奇跡を起こした。彼の呼びかけに彼の神が応え、雨雲を呼んだのだ。

その時、〝あってあるもの〟の預言者は、異教の神の預言者を皆殺しにしてしまった。

「もしかして、〝異教の神〟って……」

「――バアル・ゼブルだ」

コバルトがそう答える。

コバルトは、亜門にそう呼ばれていた。

それと同時に、風音が口にしていた彼の正体も思い出す。魔神ベルゼブブに異教の神バアル・ゼブル。この二つの名前は、同一神ということなんだろうか。

「バアルもまた、呼びかけに応えようとしていた。しかし、〝あってあるもの〟の兵士どもに妨害されてしまった。やむを得ず、直接向かうこととなったが、そこで見たのは――」

殺された預言者達の姿だった。

コバルトは、重々しく言った。店内が、沈黙で満たされる。

「雨雲だって、飢饉を知った俺が遣わしたものだった。なのに、それを上手く利用されて――」

ギュッと絹の軋《きし》む音がする。コバルトは、手袋をした拳《こぶし》を強く握りしめていた。小刻みに震えるそれが、彼の憤りを表わしていた。

「で、でも、どうしてそんなことを……。アザリアさん達の〝主〟は、信者が多くて、とてもメジャーな神様ですよね？　そんな真似《まね》をする必要はないと思うんですけど……！」

私は思わず声をあげる。それに応えたのは、亜門だった。

「当時は、それほどでもありませんでしたな。だからこそ、というのもありますが、特に彼の場合は、他の神を許さなかった。一神教、というのはご存知ですか？」

「知ってます。神様がひとりってことですよね。神道なんかは多神教だし、エジプト神話やギリシャ神話も多神教なんでしょうけど」

エジプト神話、と聞いた亜門が、一瞬だけ目を見開いた気がした。しかしすぐに、「そうですな」といつものように落ち着いた調子で答える。

「だから、他の神様を信仰している者がいるという事実自体、都合が悪かったんでしょうか」

「それもあります」

「それも？」

亜門は一同を一瞥《いちべつ》する。

風音は物言いたげだった。アザリアは躊躇うような視線を亜門に向けていた。コバルトはむっつりと黙ったまま、成り行きに任せていた。

一拍置いて、亜門はこう言った。

「神は、信仰が無いと生きて行けないのです」

「信仰が無いと、生きて行けない……？」

「あなた達で言う、食糧が無いと生きて行けないのと同じですな」

亜門はさらりと言った。

「そうか。食糧の代わりに、信心を得ようとする。そして、信者の信心を得るためには自分の存在に説得力を持たせないといけないから、他の神を排除しなくてはいけない……」

「そういうことです」

亜門が頷くと、アザリアは小さく溜息を吐《つ》いた。彼らの〝主〟は、戦いを避けて通れない。彼は争いを好んでいないようだから、思うことがあるのだろう。

「そう。異教の神は悪だ。魔神であり、悪魔だ！」

風音が声をあげる。亜門は少しだけ眉を寄せ、「そのように扱って異教の神を堕とすことにより、信仰を集めることもありましたな」と付け足した。

「悪魔、って……」

コバルトの方を見やる。

彼の不名誉な名前もまた、それがためにつけられたのだろうか。元々は神様だったのに、魔の領域に追いやられてしまったのだろうか。もしかしたら、亜門も――。

「で、でも、そんな風に他の神様を排除して行って、どうするつもりなんです？　最終的には、そのひとりの神様を信仰させたいんでしょうけど……」

「一つのことを信仰することにより、皆が同一になれる」

風音はそう言った。

「社会に結束力が出来、物事がシンプルになる。争いもなくなるだろうな。皆が隣人ならば、世界は平和だ。人類が幸福になるだろう。僕はそう思って動いているね」

「ひとりはみんなのもの……」

「その通り」と、私の呟きに、風音は満足そうに頷いた。

「他の宗教を排除し、ひとりの支配者――すなわち神を置く……」

「そうだ。他の〝主〟を崇《あが》めてはいけない。偶像も駄目だ」

「〝すばらしい新世界〟」

「その通り！　世界はずっと素晴らしくなる！」

「――ダメだ！」

両手を広げる風音に、私は思わず怒鳴ってしまった。

「そんな世界、自由じゃない。誰かによって幸福を与えられても全然嬉しくないし、一つのものしか信じられないのは、自由がないのと同じだ！」

「な、なんだと……!?」

風音が立ち上がろうとする。しかし、アザリアがそれを制止した。

「……どんな世界であろうと、異端は生まれる。それを恐れて排除しないと、平和が保たれない。でも、そんな世界、幸福と言えるんだろうか」

私のそれは、ほとんど独白になっていた。

「司君、〝すばらしい新世界〟を読破したのですな」

「……ええ」

亜門の言葉に、力なく頷く。

「なんですか？　その、〝すばらしい新世界〟とは」

アザリアが問う。

「楽園を求め過ぎた人類の、行きつく先の話です」

「ほう……？　人の子が書いた物語ですか？」

「ええ。人間による人間の予言書ですな。ああ、ご安心を。あなた達の主を非難する話では御座いませんので」

そう言いながら、亜門は席を立っていた。ずらりと並ぶ洋書から、古びた、しかし、装丁がまだしっかりとしている一冊を取り出した。タイトルは、〝BRAVE NEW WORLD〟と表記されている。〝すばらしい新世界〟の洋書だ。

「いかがですかな？」

「……お借りしても？」

「差し上げましょう」

亜門は洋書をアザリアに押し付ける。アザリアと風音は、それをしげしげと眺めた。

「書物は珍しいですか？」

「いいえ。我々の社会にも、書物はあります。といっても、記録媒体のような役割ですが。人の子が作った書物を見る機会はほとんどありませんね」

「そうですか。ならば、実に刺激的なものかもしれませんぞ」

「人の子が作った物語が、ですか？」

アザリアは不思議そうな顔をする。そんな彼に、亜門はにんまりと笑った。

「人は、書物の中に世界を生み出すのです。時には、数日を。また、時には登場人物の一生を。そしてまたある時には、世界の始まりから終焉《しゅうえん》を。この、一冊の本の中に収めるのです」

「この中で天地を創造するというのは、興味深いですね」

「人の子が創った世界ねぇ。まあ、我らが〝主〟には遠く及ばないだろうけど、読んであげてもいいかもしれないな」

「カザネ……」

上から目線の風音に、アザリアが呻く。

「本には様々な思想が溢《あふ》れています。風音君には、是非ともそれらに触れて頂きたいものですな。しかし、自分の考えと合わないからといって、本に当たらぬよう」

「くっ……」

亜門に釘《くぎ》を刺され、風音は顔をしかめる。しかし、それ以上抗議をすることはなかった。

「さてと。これ以上、お邪魔をするわけにはいきませんからね。この辺りでお暇《いとま》しましょう。ご馳走様《ちそうさま》です」

コーヒーカップを空にしたアザリアは、洋書を抱えて席を立つ。

「あ、待ってください。まだ、珈琲を飲み終わってないのに！」

風音は珈琲を一気に飲み干す。

「馳走になったな！　このブレンドコーヒーは褒めてやらないでもない！」

風音はそう言い捨てて、アザリアとともに店を去って行った。

扉が閉まる音が響く。店内が、やけに静かになった。

「アモン」

一番先に口を開いたのは、コバルトだった。相変わらず、不機嫌そうな顔をしている。

「口直しに、何か可愛《かわい》い本が欲しい」

「可愛い本、とは漠然としたご注文ですな。もう少し具体的にして頂けると、私も本を選び易《やす》いのですが」

「じゃあ、〝鏡の国のアリス〟を十冊ほど見繕《みつくろ》ってくれ」

「やれやれ、〝不思議の国のアリス〟の続編の方ですか。あなたが持っていないものは、十種類もあったかどうか」

「俺が持っているものと同じやつでもいい」

「畏《かしこ》まりました。書庫からお探ししますので、少々お待ち頂けますかな？」

コバルトは、「ん」と頷く。

亜門は立ち上がり、店の奥へと消えて行った。コバルトは、表情らしい表情のない横顔で、その様子を見送っていた。

「ツカサ」

亜門の姿が消えて充分に経った頃、コバルトが唐突に口を開いた。

「は、はい！」

「言いたいことがあるなら、言ってもいいんだぞ？」

「あ……」

そうだ。私は、彼の正体を知ってしまったのだ。彼が、不名誉だと思っていたあの名を、恐ろしい姿をしていると言われている、あの名を。

それと同時に、あの怒りに燃えるコバルトの姿を思い出す。その時感じた恐怖がよみがえり、身震いをした。

聞いていいものなのだろうか。

コバルトの方を窺う。いつもの明朗な笑みは無い。しかし、先ほどのような憤りも感じない。ただ、私の質問を待っているように見えた。

多分、これが彼の正体について聞ける、最初で最後のチャンスだ。

私は覚悟を決めた。

「そ、その、あの名前を聞いて吃驚《びっくり》しました」

「だろうね」

「あの名前とあの姿はゲームで知ってたんですけど、まさか、コバルトさんがそうだったなんて。……いや、そうじゃないんでしょうけど」

「そう。あの忌まわしい名前は俺を指しているが、俺はアレじゃない」

コバルトは、手にしたコーヒーカップを見つめながらそう言った。珈琲は、ほとんど残ったままだった。

「〝あってあるもの〟を信仰する者達が、俺を貶《おとし》めるために、あの名とあの姿を俺だと言った。そして、それが広く伝わってしまった」

「事実無根なのに、って感じですよね……」

「ああ。本当にひどい。あの姿もあの名前も、全く以《もっ》て可愛くない！　俺はこんなに可愛いのに！」

「……前半は肯定しますけど」

「後半も肯定したまえ！」

「だから、あなたはプリティというよりもビューティフルなんですって！　カテゴリが違うんですよ！」

どちらにせよ、ハエの王というのは侮辱以外の何ものでもない。

「まあ、どっちにしても、俺は彼らのやり口に、超ムカついてたわけさ」

「……せめて、憤慨していたとでも言いましょうよ。そこら辺の若者じゃないんだから」

頬を膨らませ、口を尖《とが》らせる姿は、高校生くらいの女子みたいだった。とてもではないが、魔神や元神様には見えない。

「コバルトさんはもともと、豊穣の神様だったんですよね？」

「その通り。嵐を司《つかさど》る豊穣の神。それが、バアル・ゼブル——だった」

「でも、不名誉な名前で呼ばれるようになってしまった……」

「そういうことさ」

「だけど、そうじゃないのなら、バアル・ゼブルを名乗り続けて堂々としていればいいんじゃないんですか？」

「ああ。分かってない。分かってないな、ツカサ」

コバルトは椅子《いす》の背もたれに身体を預ける。嘆くように、天井を仰いだ。

「神は信仰がなければ神として死ぬ。人間の心に置かれなければ消えるだけ。概念に依存し、概念に縛られる存在なんだ。君らが、物質に縛られているのと同じでね」

私達は、肉体が失われたら死ぬ。しかし、コバルトらは、概念が失われたら死ぬのだという。つまり、忘れられたら消えてしまうのだ。

「そして、意味が置き変わってしまったら、本当にその意味になってしまうんだ」

「本当に、その意味に……？」

「ツカサが我々と同じ存在なら、『ツカサは実は女だった』なんていう噂が拡《ひろ》がり、それを信じる者が多ければ、本当に女になってしまうということさ」

「噂が、本当に……」

コバルトの言葉に、一瞬、気を失いかけた。

「じゃあ、コバルトさんのことをあの名前のあの姿だと思う人が多ければ……」

「あの存在に置き換わる」

苦虫を噛《か》み潰したような顔で、コバルトは言った。

「で、でも、コバルトさんの本当の名前の方は、信仰が失われてしまったんですよね？　それならば、あの名前とあの姿を信じている人の方が多いんじゃないでしょうか……？」

なのに、コバルトはハエの姿ではない。亜門のように、正体を隠しているんだろうか。

「俺は抗《あらが》ったのさ」

「そんなこと、出来るんですか……？」

「自身を別の存在に置き換えた。バアル・ゼブルとアレは紐付《ひもづ》けされてしまった。だから、バアル・ゼブルを辞めたのさ」

「あっ……」

何故、彼がコバルトと名乗っているのか。つまりそれは——。

「全く新しい名前を名乗り、それを周知することによって、新しい存在になったということですか……？」

「ま、そういうこと。ツカサは冴《さ》えてるじゃないか。褒めてやろう」

「はあ、どうも……」

素直な賞賛が少し嬉しかったが、今は喜んでいられる状況ではない。

「それで、俺はあの姿になることを回避した。お陰で、力はだいぶ失われてしまったがね」

それでも、あの風音を圧倒していた。アザリアにも一目置かれていた。全盛期は、一体どれほどの力を持っていたのだろう。

「……そんなに、嫌だったんですか。って、まあ、嫌ですよね。あの姿はおっかないし」

「それもある。だが一番の理由は、俺を信じてくれていた者の心を守るためなんだ……」

コバルトは、黙禱《もくとう》をするように目を伏せる。

そうか。彼を信仰していた人達にとって、彼があの名とあの姿の存在になるというのは、屈辱的だろう。彼を信仰していた人達はもういないけれど、コバルトは、力よりもその人達を選んだのだ。

「コバルトさん……」

「なんだ？」

「その……。あなたを信仰していた人達は、あなたに愛されていたんですね」

「当たり前だろう。神は信者を愛するものさ。アイドルがファンを愛するのと同じ原理だ」

コバルトは堂々と言い放った。その喩《たと》えはどうかと思ったが、実に分かり易かった。

「一つ、聞いていいですか。あなたのことじゃないんですけど」

「ああ」とコバルトは頷いた。私が質問することを、想定していたように見えた。

「亜門もまた、元々は神様だったんですか？」

「ああ……」

コバルトは、重々しく頷いた。

「エジプトの方の、豊穣神だった。太陽神と習合もして、多少、事情は複雑だが」

「エジプト……」

エジプト神話を例に出した時の反応は、そのためだったということか。書庫にヒエログリフの巻物があったのも、納得した。

「でも、全然そうは見えないというか……」

「俺達は環境によって、姿が変わるものだからね。ただ、アモンは多少特殊だな」

「特殊？」

「彼もまた、異教の神がゆえに悪魔とされ、その概念を押し付けられた神だった」

コバルトは、「しかし」と続ける。

「彼は、自らの影としてその概念を受け入れ、影ごと自身から切り離したんだ」

「えっ……。どういう……」

「つまり、アモン侯爵――俺の友人にして君の友人は、切り離された影ということさ」

「もうひとり、亜門がいるということですか？」

「元になった神は、今も存在している。彼はそうやって、信者の心を守ったんだ」

　勿論、半身を失ったから、その分の力も失われたけれど。とコバルトは付け足す。

「何だか、複雑ですね。亜門はそれを知っているんですか？」

「そりゃあ、勿論。元々は一つだったから、決断して実行した時の記憶は引き継がれているさ。今は完全に別人だがね」

「その、コバルトさん的には……」

　どうなんですか。と躊躇いながらも尋ねる。すると、彼は実に複雑な顔をしていた。

「俺にとっては、どちらも友人だ。住んでいる場所が近かったから、彼が一つであった時もずいぶんと世話になったし。でも――」

　コバルトは珈琲の水面を見つめる。そこには、憂い顔の彼が映っていた。

「バアルであることを辞めた俺を助けてくれていたのは、魔神のアモンだ。魔の領域である魔界には、同じような境遇の神々もいた。俺のように怒りを抱いていたものもいたし、嘆くものもいた。彼らを上手く取り持ったのが、アモンだった」

「そうだったんですね……」

コバルトをあれだけ上手《うま》くあしらえるのだから、個性豊かな神々が相手でも、きっと、持ち前の社交性を発揮していたことだろう。そんな姿を想像するのは楽しかったし、そんな彼と友人であるのは、少し誇らしく思えた。

「アモンは元々の力の半分を引き継ぎながらも、魔神としての力も得ていた。実に頼もしい存在だったんだが――」

そこから先は、私も知っている。

亜門は人間と触れ合ううちに、人間に近づき過ぎてしまった。人間の輪に入り、人間の友人を作り、人間に恋をしてしまった。

そして、魔の領域には戻れなくなってしまった。

「魔神でありながらも、魔神ではなくなってしまった。〝魔神アモン〟と彼自身の存在の紐付けが希薄になっている。つまり、〝魔神アモン〟に対する信仰の力をほとんど受け取れないということだ。これがどういうことか分かるか、ツカサ」

「えっと……、信仰が僕らで言う食糧になるから……」

私はハッとした。コバルトの目は、悲しみと不安に満ちていた。

「食べ物がなくなったら、僕らは死ぬ。亜門も、信仰がほどんど受け取れないとなると――」

それは、死に繋がる。

絶対的な別れを示す言葉が、脳裏を過ぎる。

私が死ぬまでは存在が保てそうだというのは、そういうことだったんだろうか。

「……本当は、そばにいる君に彼を信仰して貰いたかったんだがね。今の彼を知っている者が今の彼を崇めれば、彼はそれで信仰の力を受けられる」

「そ、それじゃあ、信仰しますよ！　僕に出来ることならば何でもやります！　どうすればいいんですか？　彼に祈りを捧げれば、なんとかなりますか!?　生贄《いけにえ》が必要なら、自分の血だって流しますよ！」

「それは、ダメだ……」

コバルトは頭を振った。悔しげに、下唇を噛み締める。

「もう、君はアモンと友情を成立させてしまった。君がどんなに彼に尽くそうとしても、それは友情の延長に過ぎない。信仰心というのは、そういった類《たぐい》のものではないんだ」

「それじゃあ……」

「それに、アモンもそれを望んでいない。彼は、ずっと人間と肩を並べることに憧《あこが》れていた。それが成就したんだから……もっと、喜ぶべきなのに……！」

絹が軋む音がする。コバルトはまた、拳をきつく握っていた。

「俺はずっと……、アモンと一緒だった。アモンが先にいなくなるなんてごめんだ

「……！」

コバルトは嘆く。自らの帽子をむしり取ると、床に叩きつけた。

「くそっ。何だ、この状況は！　どうして、いつも物事が上手く行かない！」

「コバルトさん……」

シルクハットはくるくると転がり、店の奥へと向かう。そこで、ぴたりと停止した。

「おやおや。ご自慢の帽子を落とすとは、あなたらしくありませんな」

「アモン……！」

亜門が、そこに立っていた。足もとに落ちているシルクハットを拾い上げ、いつもの優雅な足取りでやって来る。

「どうぞ。あなたが満足する装丁の本を探すのに、少々手間取ってしまいましてな。遅くなって、申し訳ありません」

「……あ、ああ」

コバルトは、きっちりと十冊揃《そろ》えられた〝鏡の国のアリス〟と、シルクハットを受け取る。

亜門は、何も言わなかった。ただ黙って、いつもの穏やかな賢者の瞳で、コバルトが帽子を被る様子を眺めていた。

「邪魔をしたな。今日は色々と、世話になった」

「いえ。是非ともまた、我が隠れ家にお越しください」

踵を返すコバルトを、亜門は見送る。逃げるように立ち去る背中に、私は何の声もかけられなかった。

「さてと」

亜門が息を吐く。

「お客様が帰ったことですし、カップを片付けねばなりませんな。最近は司君に任せっ放しでしたから、今日は私も手伝いましょう」

「い、いいえ。大丈夫です。一人で出来ます」

「いいえ。手伝わせてください」

亜門の表情はいつもの温和なそれだったが、口調は強いものだった。

「今は、手を動かしたいのです」

「……分かりました」

亜門は洗い場に向かい、私はカップをトレイの上にまとめる。

亜門の背中にも、何も声をかけられなかった。彼の大きなその背中は、ニコライ堂に独り籠《こも》っていた時と同じように、すべてを拒絶しているかのようだった。

「司君」

「は、はい！」

諦めて仕事に戻ろうとした時、亜門に声をかけられた。吃驚して振り向くが、彼は相変わらず背中を向けている。表情を見せぬまま、彼は続けた。

「〝すばらしい新世界〟は、どうでした？」

「あ、その……」

「異端が忌まれる世界での、個性豊かな異端者がメインキャラクターとなっていたわけですが、あなたは、どなたに共感したのです」

「……僕は、バーナード・マルクスに」

「おや」

亜門は驚いたように声をあげた。

「クリエイティブで革新的な思想に目覚めたヘルムホルツでも、外の世界で育った、誇り高く禁欲的な青年のジョンでもなく、劣等感に苛《さいな》まれていたバーナードとは！」

「彼の或る台詞《せりふ》が、頭から離れなくて」

物語の中では、人間は量産品であった。規格が設けられており、生まれる前から階級とスペックが保証されていた。同じ階級の人間は、似たような容姿ばかりだった。

バーナードは上位の階級に生まれたのだが、或る事故によって劣った容姿となってしまった。周りよりも劣っている彼は、とても卑屈になっていた。常に、劣等感が付きまとっていた。

そんな彼は、ひょんなことで名声を手にする。それからは有頂天になって派手な振る舞いをするようになる。しかし、再び名声が失われ、また、惨めな想いをすることになる。

〝誰もが幸福〟な新世界に、馴染めなかった一人だ。亜門が挙げた他の二人もまた新世界に馴染めなかった人物だが、彼らには美点があった。しかし、バーナードには美点らしい美点は見当たらない。亜門が不思議に思うのも頷けた。

「『僕は僕でいい。情けないままの僕がいい。どんなに明るくなれても、他人になるのは嫌だ』」

「バーナードが言っていた言葉ですな」

「ええ」と私は頷く。

飲むと誰もが幸福な気分になる、明るい人格者になれるという薬を拒絶した時の、彼の言葉だ。

「僕にはその台詞が、とても印象に残ったんです。きっと、彼は自分らしく生きたかったんです。降って来た名声に飛びつき、羽目を外して〝新世界〟で危険とされているような思想を次々と発表したのも、自分の考え方を多くの人々に知って貰って、自分らしさを認めて貰いたかったからなんじゃないかって。そう思うと、彼がとても身近に感じるんです」

「……そうですか」

気付いた時には、亜門はこちらを振り向いていた。賢者のように見守るような、いや、父親のような愛情に満ちた眼差《まなざ》しが私を包んでいた。

「あなたもまた、自分らしさを外に出したいと思っているのかもしれませんな」

「……自分らしさが何なのか、まだ、よく分かりませんけど」

「ゆっくりと考えればいいのです。あなたはまだ、若いのですからな」

「はは……。三谷にもそう言われました」

ゆっくり。

それでも、時間は流れていく。

私は、バーナードのように自分らしさを行動に移せる時が来るのだろうか。

そして、コバルトが嘆いていたタイムリミットまで、あと、どれくらいあるのだろうか。

幕間　調和の珈琲

天使との一件の後、再び、平和な日々が訪れた。

思うことはあれど、私はいつものように〝止まり木〟へ出勤し、亜門はいつものように、本で満たされた店で迎えてくれる。

そう、全《すべ》ては以前と変わらないように思えた。

「なんか、平和ですね」

「平和ですなぁ」

奥の席で本を読みながら、亜門は応じる。

「平和というよりも、静かですよね。何かこう、物足りないというか」

「コバルト殿が居ないせいですな」

亜門の言葉に、ハッとした。

そうだ。あの日以来、彼がこの店を訪れていないのだ。

「……コバルトさん、大丈夫でしょうかね」

「彼もひとりになりたい時があるのでしょう。あの、かつての彼らの楽園に見立てた庭園で、物思いに耽《ふけ》っているのかもしれませんな」

青薔薇《あおばら》が彩る、満たされた楽園を思い出す。

「あれは、コバルトさんがかつていた土地の姿なんですか？」

「青薔薇は後で植えたものですし、ウサギやチシャ猫なども後から現れた住民なので、かつての姿からはだいぶ離れておりますが、元々は、彼の土地を模したものでしたな」

失われた文明に、喪《うしな》われた信者。彼は信者らを家族同然の大切なものだと言っていた。

そんな彼らの夢の址《あと》で、コバルトは何を思うのだろうか。

「……ああ見えても、色々と抱えたひとだったんですね。普段の様子から、全然想像出来なくて」

「司君がそう思うのも、無理はありません。彼は、ああ振る舞っていないと、自分の怒りに押し潰《つぶ》されてしまいそうなのでしょう」

「成程……。そう、ですよね」

だが、亜門は「いや」と眉間《みけん》を押さえた。

「バアル時代もああだった気が……」

「も、元々の性格もあるんですね」

嵐《あらし》を呼ぶ豊穰神《ほうじょうしん》は、嵐そのものの性格だったということか。

「どのくらいで立ち直りそうですかね」

「早い時は翌日ですが、遅い時で五十年ほどでしたな」

「五十年⁉」

思わず目を剝《む》いた。彼らにとっての五十年は短いかもしれないが、五十年後の私はすっかり歳《とし》を取って、外見も変わっていることだろう。

「あ、あ、亜門はその、コバルトさんが心配じゃないんですか？　声をかけてあげた方がいいんじゃ……」

「心配ですが、どちらかと言うと、そっとして差し上げたいと思いましてな。ひとりでいた方が、考えもまとまりましょう。勿論《もちろん》、彼が助言を求めてくれれば、喜んで手を貸しますが」

そうだった。このひともまた、独りで想《おも》い悩むタイプだった。

しかし、彼の猛禽《もうきん》の瞳《ひとみ》は苦しそうにも見えた。友人が立ち直るまで、待っているのも辛《つら》いだろう。本当は、いますぐにでもコバルトに声をかけたいのではないだろうか。

「その、僕は心配です。何か、彼に出来ませんかね。えっと、手紙を書くとか」

「ふむ。司君の手紙であれば、彼は喜ぶかもしれませんな」

「あなたの手紙の方が喜びそうですけど……」

「私が送ると、お節介になってしまうのです」

亜門は苦笑する。

「そういうものですかね。まあ、階級的にはコバルトさんの方が上みたいですけど、おふたりの様子を見てると、亜門の方が保護者っぽいですもんね」

「ははっ、コバルト殿に怒られますぞ」

亜門は、本を積み上げたチェストの引き出しから、便箋《びんせん》とペンと、インクを取り出す。

「どうぞ」

「た、高そうな万年筆ですね。ちゃんと使えるかな……」

「使い方を教えましょうか？」

「いいですよ！　知らないわけじゃないですし！」

と言っても、漫画やドラマで見たくらいだ。見よう見まねで、恐る恐る使ってみる。

「コバルトさんは、庭園から離れて息抜きをした方がいいと思うんですよね。でも、そんなことを言ったら、怒られますかね？」

「これがいいと思ったことを書きなさい。気遣いは、素直に伝えた方が良いですぞ」

「そ、そうですね」

亜門は、こちらを見守るように見つめていた。非常に書き辛い。

「本に没頭して頂いた方が、手紙を書き易《やす》いかもしれません……」

「これは失礼。書き終えたら教えて下さい。封蠟《ふうろう》をして、彼のもとへと送りましょう」

亜門が本に視線を落とす気配がする。私は胸を撫《な》で下ろして、手紙を書き始めた。

「そうそう。彼をこちらに誘うなら、週末がいいと思いますぞ」

「どうしてですか？　神保町は、土曜日となるとそこそこ混むし、日曜日なんて、ほとんどの古書店が閉まってて寂しいのに……」

「おや、司君はあまり周りを気にされないのですな？」

顔を上げると、亜門が少し意地悪な顔で笑っていた。

「な、なんなんですか。勿体《もったい》ぶらないで下さいよ」

「失礼。週末は、この神保町で大きな催し物がありましてな」

「催し物……？」

「左様。年に一度、この秋が深まった時期に行われるという、神保町ブックフェスティバルが開催されるのです」

亜門はそう言って、片目を閉じたのであった。


その日の神保町は、いつも以上に人が多かった。

秋空の暖かい日差しの下、靖国通り沿いの古書店の前には、所狭しとワゴンが並んでいる。その中には、びっしりと古書が詰まっていた。そこに、たくさんの人が集まっている。中高年の男性が多く、紙袋いっぱいに古書を抱えていた。

「すごいな、これは……」

いつものように新刊書店の中に入るが、あまり見慣れない客層がちらほらと窺《うかが》えた。このイベントのために、地方からやって来たのだろうか。

足早に四階に向かい、〃止まり木〃の扉を開く。

「……おはようございます」

「遅いぞ、ツカサ！」

私を迎えたのは、お怒りのお言葉だった。

見ると、鮮やかな青髪の青年は、既に店内でくつろいでいた。相変わらず、やたらと派手でめかしこんだ姿だった。

「コバルトさん、来てくれたんですね！」

「そりゃあ、友人の友人の召喚状だからね。この俺を招くのに、日時まで指定するとは」

「コバルト殿は、約束の一時間前に見えましてな。司君が来るのを待ち侘《わ》びていたのですぞ」

奥から亜門が顔を出す。

「偶々《たまたま》、支度が早く終わったからだ」とコバルトはそっぽを向いてしまった。

「召喚状と言うより、お誘いというか……。嫌ならば捨てて頂いて構いませんよ、くらいのつもりだったんですけど……」

「ふぅん」

コバルトは目を細めたかと思うと、ガタンと椅子《いす》から立ち上がった。そして、私のおでこをピンと弾《はじ》く。

「そんな中途半端な気持ちで手紙を寄越したのか。この、無礼者」

「え、あ、す、すいません」

おでこがジンジンと痛い。コバルトは素っ気なく背を向けてしまった。

「いや、庭園から出て来て欲しかったのは本気ですから……！　あなたのことが心配だったのも、本当のことですし！　た、ただ、僕のような者がそんなことを言うなんて、おこがましいかなと思って」

「ツカサ」

コバルトは振り向く。腕を組み、ふんぞり返ってこう言った。

「自分に自信を持ちたまえ」

「……はい」

おでこを押さえながら頷《うなず》く。

そんな私達の肩を、亜門がそっと叩《たた》いた。

「さて、せっかくの催し物です。おふたりでご覧になってはいかがですかな？」

「亜門は？」

「私は、少々用意したいものが御座いまして。買い物に行く必要があるので、店を閉じなくてはならないのです」

「ふむ、なるほど。――しかし、アモン。君は本を買わなくていいのか？」

コバルトは怪訝《けげん》な顔だ。きっと、私も同じ表情をしていたことだろう。亜門にとって、本は三度の飯よりも重要なはずだ。

すると、猛禽の瞳の紳士は、にっこりと微笑《ほほえ》む。

「ご安心ください。この亜門、買い物ついでに全てのワゴンをチェックし、気に入った本を手に入れることなど、朝飯前ですからな」

それはむしろ、買い物の方がついでなのでは。

そんな野暮な一言は、眼鏡の奥にある玄人《くろうと》の眼差《まなざ》しに、かき消されてしまったのであった。

私達が新刊書店から出ると、すずらん通りは人で溢《あふ》れていた。

すずらん通りというのは、新刊書店を挟んで、靖国通りの反対側に位置している。普段は穏やかで、のんびりと古書店めぐりが出来る場所だ。しかし、今はいろいろな出版社のワゴンが並んでいる。バーゲンブックを売っているのだ。

空は澄み渡っていた。コバルトの髪のような青だ。どこぞの吹奏楽部が奏でていると思《おぼ》しき演奏も聞こえる。古書市なんかだと厳かな顔をして本を選んでいるイメージが強いが、今日はまさにお祭りだった。

「あ、名取」

聞き覚えのある声が、私の足を引きとめた。振り向くとそこには、猫背の三谷が佇《たたず》んでいるではないか。

「三谷。お前も買い物——だな」

三谷の両手には、すでに大きな紙袋が抱えられている。紙袋から醸し出される重量は、明らかに本のものだ。亜門がよく、同じような状態の紙袋を持っている。

「俺の好きな出版社の文庫が半額でね。まとめ買いをすると更に安くなるっていうから、これを機会に気になる本を片っ端から買ったんだ」

三谷は得意げに胸を張った。普段は死んでいる目が活《い》き活《い》きとしている。

「今日は非番なのか？」

「有給だよ、有給。この日に休まなくて、いつ休むっていうんだ！」

くわっと目を見開く。物凄《ものすご》い気迫だ。さぞ、この日を楽しみにしていたのだろう。

「で、お前こそ何してんの？　そのヴィジュアル系の人、お前の知り合い？」

三谷の小声の問いに、私は答えた。

「あ、そうそう。亜門の友人のコバルトさんっていうんだ」

コバルトには、「こっちは僕の友人の三谷です」と紹介する。

「ふぅん。ツカサの友人か。ま、よろしく」

コバルトは手を差し伸べるが、三谷の両手は塞《ふさ》がっていた。その有様に、「すいません」と三谷は苦笑する。

「でも、亜門さんの友達ってことは、もしかして魔神の方なんです？」

「なんだ。アモンの正体を知っているのか？」

コバルトは驚いたように目を見開く。そんな彼に、私は説明をした。

「え、ええ。色々と相談に乗って貰《もら》ってたんで。亜門の正体のヒントをくれたのも、亜門がそれで想い悩んでいるのだろうと教えてくれたのも、彼なんです」

「へぇ……」

コバルトは、三谷をじろじろと見つめる。三谷もまた、コバルトを凝視していた。彼が何者か、探ろうとしているのだろう。

「コバルトさん、彼にあなたのこと、教えていいですか？　悪いようには解釈しないと思うんで……」

「この名を名乗っている以上、あまり過去を引きずりたくないのだけどね。まあ、忌まわしいあの名前で呼ばないのなら許可しよう」

尊大なコバルトに、「ありがとうございます」と頭を下げた。

「えっと、三谷。以前、色々と聞いていただろ？」

「ん？」

「キング・オブ・ビッグネームにして、〝高き館の王〟ってこのひとのことだったんだ」

「なにぃ⁉」

三谷の叫びが吹奏楽部の演奏をかき消す。大きな紙袋が地面に落ち、物凄い音が響いた。

「ベル——いや、バ、バ、バアル・ゼブル……⁉」

「なんだ。本来の名前を知ってるのか。感心な若者だね」

「知ってるも何も、有名じゃないですか！　地獄帝国の最高君主にしてカナンの民が最も崇拝した嵐と慈雨をもたらす豊穣神！　イメージとはちょっと違ったけど、まさか、こんなところで会えるなんて！」

三谷は溢れんばかりの生気に満ちた顔で、コバルトの手を取る。もはや、大好きなアイドルに会ったファンのような状態だ。

一方、コバルトもまた、衝撃を受けていた。

「君は、カナンの民のことも知っているのか……！」

「本を通して知ってますよ。〝列王記〟も読みました。大変でしたよね。勝負に勝ったからって、相手の預言者を殺すなんてあんまりだ。聖書であなたの祭壇が壊されるたびに、俺が作り直してやりたいと思ってましたよ」

「おお、ミタニ……！」

感極まったコバルトは、三谷の手を強く握り返す。これには三谷も驚いたようで、目を丸くしたまま固まっていた。

周囲には人が集まり始めている。コバルトの容姿が、あまりにも目を引くためだ。年配のご婦人なんかは、一世代前の携帯端末で写真を撮っていた。芸能人か何かと勘違いしているのだろう。

「あの、コバルトさん……」

「まさか、この時代でもあの名を知っていて、且つ、我が民を悼《いた》む者がいるとは！　俺は感動したぞ！」

コバルトは、周囲を気にせずに叫ぶ。三谷も照れたように、緩く笑った。

「へへ……、それはどうも」

「是非とも君に何か授けたいものだな。富だろうが名誉だろうがくれてやるし、嵐も起こしてやろう！」

「嵐が起きたらブックフェスティバルが中止になっちゃうんで。それに、特に何かを貰うようなことはしてないですし」

「いいや。何か贈らせてくれ。俺の気が済まない」

「それじゃあ、図書カードを一枚貰えればいいです」

えへへ、と三谷は笑う。三谷らしい要求だ。

そんな彼を前に、コバルトはこちらを振り向く。

「ツカサ。トショカードとはなんだ」

「主に本を購入する時に使えるカードです。プリペイドカードなので、贈り物にする人も多いですね」

「あ、当店のサービスカウンターで販売してます」

三谷は我々の背後の新刊書店を示す。ちゃっかりしている。

「では、あとで君のもとに届けよう。最高位のトショカードをくれてやる」

「やったー。太っ腹ですね！」

一番金額の高い図書カードを購入するということなんだろうか。いずれにせよ、それには私もついて行かなくてはなるまい。

「そうそう。ここに居るってことは、バアルさん……いや、コバルトさんって呼んだ方がいいのかな。まあ、とにかく、ふたりとも、ブックフェスティバルを見に？」

「ああ。ちょっと一回り見学しようと思って」と私が答える。

「それなら、存分に本を買えよ。バーゲンブックっていうのは、いわゆる、訳あり本だからさ。色んな事情で倉庫に眠らさざるを得なかった本なんかが安くなってるんだ」

三谷は落とした紙袋を拾いながら、そう言った。

「そうだな。普段は高い本も、安くなってると有り難いし」

「それだけじゃない」

「え？」

「倉庫に眠らせなきゃいけないってことは、基本的には、もう書店に来ないってことさ。つまり、こういう時じゃないと、人の手に取って貰えないんだ」

つまりは、本にとって、本として売って貰えるチャンスということなんだろうか。

「在庫は或《あ》る程度の時間が経《た》っちゃうと、断裁されるって聞いたからな。表に出れなくなった本、出来るだけ買いたいんだよ」

「……そうだな」

三谷の言葉に頷く。

我々は、二言三言を交わしてから別れた。三谷は紙袋を抱えて新刊書店に入っていく。

自分のロッカーに、本の一部を預けに行くらしい。

「本が本でいられる、最後の機会かもしれない……か」

コバルトはぽつりと呟《つぶや》く。長い通りに果てしなく並ぶワゴンを眺めていた。

「コバルトさん……」

「よし、ツカサ。決めたぞ！」

コバルトは拳《こぶし》を握りしめて、決意を固める。

「可愛《かわい》い本を存分に買おう！　手分けをするんだ！」

「は、はい！」

「あと、この国の貨幣に換金するのを忘れたから、ツカサが代金を支払ってくれ！」

「はい！　って、ええ⁉」

「あとで倍にして返すさ。宝石でな！」

「……換金が面倒くさいって、亜門が言ってたのに」

コバルトは私のぼやきなど聞かずに、「さあ、行こう！」と歩き出す。

すっかり元気を取り戻したコバルトに、私は引きずられて行ったのであった。


「で、宣言通り、存分に書物を買ったということですな」

〝止まり木〟では、亜門がカウンターで何やら準備をしながら待っていた。奥にある彼の指定席では、二つの大きな紙袋が陣取っている。彼もまた、宣言通りにワゴンを回ったのだろう。

「いやはや、書店の中だけでなく、晴れた空の下で本を選ぶのも悪くないね。お陰で、すっかり買い物が捗《はかど》ってしまった」

大きな紙袋を抱えたコバルトは、手ごろな席に座った。

「お陰様で、僕の財布はすっからかんですけどね……」

「申し訳ありませんな、司君。後で私が立て替えましょう」

「いやいや、それはさすがに悪いですよ」

「では、後で宝石を換金して差し上げましょう」

「それは、是非ともお願いしたいです……」

そもそも、何処《どこ》でどう換金すべきかも分からないし、何処で入手したのかと聞かれても困る。

「さてと。完成しましたぞ」

亜門は、三人分のグラスをトレイに載せてやってくる。そして、我々の前に並べてくれた。

「これは？」

「テ・エ・カフェです」

グラスには、琥珀《こはく》色の美しい液体が注《つ》がれていた。その横に、亜門はミルクとガムシロップを添えてくれる。

「珈琲《コーヒー》のようだが、ただの珈琲ではないな。紅茶の香りがする」

コバルトは興味津々に香りを嗅《か》ぐ。「左様」と亜門は頷いた。

「珈琲にアッサムをブレンドしたものです。コバルト殿が普段飲んでいる紅茶、そして、我が隠れ家で飲んでいる珈琲を、新たな視点で味わって貰いたくてですな」

茶葉を切らしていたから買いに行ったのだと、亜門は言った。

「新たな視点で……」

コバルトはグラスに注がれたテ・エ・カフェを見つめる。氷が溶けて、カランとグラスの中で鳴った。

「いただきます……」

私もそっと、口をつける。ひんやりとした感覚が、口の中に広がった。

「あっ、意外とおいしいですね」

「ん……」

私の呟きに応《こた》えるように頷くと、コバルトは無言のまま、一口、もう一口とテ・エ・カフェを口に含む。

時間をかけてそれを飲み干すと、ふぅと吐息を吐いた。

「どちらかと言うとアッサムの風味が強いが、コクが違うな。珈琲のように深みがあって、実に味わい深い……」

そう言ったコバルトの表情は、とても満足そうだった。

「紅茶も珈琲も美味《うま》いが、その二つを混ぜようなんて思わなかったな。だが、こんなに美《お》味《い》しいとは」

「何事も、冒険が必要ということですな。一か所に留《とど》まらず、色々な場所に足を向けてみることが重要なのです。そこで、出口が見えることもありますからな」

亜門は、コバルトの方を眺めながら、そう言った。

「という意味合いもあったのですが、既に充分、息抜きをされたようで」

「まあ、ツカサが買い物に付き合ってくれたからね。本だけじゃなくて、可愛い小物も売っていたんだ。便箋も手に入れたから、今度、そいつで君に手紙を書こう！」

「それは光栄ですな」

亜門は微笑む。友人が立ち直ったのを、心から安堵《あんど》し、喜んでいるようだった。

「司君も、彼に付き合って下さり、有り難うございます」

「いえ、大したことは……。どっちかと言うと、立ち直ったきっかけは三谷ですし」

「三谷君にもお会いしたのですか。後ほど、彼にもご挨拶《あいさつ》に伺いたいものですな」

「はは。あいつ、すごく喜ぶと思いますよ」

笑いながら、テ・エ・カフェを口にする。

すでにミルクを混ぜてくれていたようで、ほのかな甘さも感じる。珈琲のコクも、氷の冷たさで爽《さわ》やかになり、とても口当たりが良かった。

「それにしても、珈琲か紅茶という二択を一択にするのは面白いですよね。他のも、混ぜてみたら意外と美味しいかも」

私の言葉に、「そうだな」とコバルトも頷く。

「ミートパイがあることだし、ミートケーキはどうだろう。スポンジに肉を挟むんだ」

「それに生クリームも載せるんですよね……」

「当然だろう。今度はウサギの肉をケーキに挟んで持って来てやろうじゃないか！」

「それは、まずコバルト殿に味見をして貰いたいものですな……」

亜門はグラスを傾けながら、やんわりと言った。

生ハムとメロンという組み合わせがあるように、肉のケーキもありかもしれない。

でも、出来るだけ最初には食べたくない。

そう思いながら、足元に置いた紙袋を見やる。私もまた、ついついバーゲンブックを大量に買ってしまった。まだ読みかけの本があるというのに、こんなに本を積んでしまってどうしようか。

そう心配する反面、彼らと巡り合えたことが、本来ならば会えるはずがなかった両者が出会えたことが、まるでテ・エ・カフェのようだなと、心からの喜びを感じていたのであった。

第三話　司、亜門とクリスマスを過ごす

いつの間にか、クリスマスシーズンとなっていた。

〝止まり木〟のある新刊書店もまた、売り場が賑《にぎ》やかになっていた。壁には赤いリボンをつけ、カウンターには小さなクリスマスツリーを置いている。本をクリスマスプレゼントにする人も多いのか、レジはいつも以上に混んでいた。

「買い物をするなら、空《す》いている時間にした方がいいんだろうけど……」

今日はクリスマス・イブだ。

レジは朝から列を作っていた。勤め人と思《おぼ》しき人が、大きな図鑑や可愛《かわい》らしい絵本を手にしている。きっと、仕事が終わったら駆け足で家に戻り、息子や娘にプレゼントをするのだろう。

しかし、世間はクリスマスで浮かれていても、〝止まり木〟はいつもと変わらないはずだ。

クリスマスは、キリスト教のお祭りだ。亜門達とは相性が悪いはずである。

〝止まり木〟の木の扉を開くと、あたたかな空気と、穏やかな珈琲《コーヒー》の香りが私を包む。

「おはようございます」と店主に声をかけながら、店に入った。

「お早う御座います、司君。今日も冷えますな」

奥から亜門の声が聞こえる。着込んでしまったコートを早く脱ごうと、厚手の手袋をポケットにねじ込んだ。

「ええ、本当に。雪でも降りそうですね」

「銀世界になると、ロマンチックで良いですな」

「良くないですよ。長靴を履いて来てないし。それに、東京は交通がストップしちゃいますから、僕は帰れなくなりますよ」

苦笑しながらコートを脱ぎ、マフラーを解《ほど》いた。

「そしたら、我が隠れ家に泊まりなさい。今日は、クリスマスですからな。多少のご馳走《ちそう》は用意しますぞ。客人にお貸し出来る寝床もありますし」

「はは、そうですね。クリスマス・イブです……し⁉」

まさか、亜門の口からクリスマスという言葉が出るとは思わず、つい、顔を上げる。すると、私がよく使うテーブルの上に、小さなクリスマスツリーがちょこんと置かれていた。

「あ、亜門。いいんですか？」

「何がですかな？」

店主が奥からやって来る。不思議そうな顔で私を見つめていた。

「クリスマスですよ？　キリスト教のお祭りですよ？」

「ええ。イエス・キリストの降誕祭ですな」

「亜門やコバルトさんは、あまり仲が良くないんじゃ……」

亜門は、「ふむ」と顎《あご》を摩《さす》る。

「確かに、彼らには嫌われておりますな。しかし、祝っていけないということもありますまい」

「でも、コバルトさんは嫌がるんじゃ……」

「司君は混同しがちですが、コバルト殿が敵視しているのは、彼の父親ですぞ。父親が憎くとも、子まで憎いということはありませんな」

なるほど。坊主憎くとも袈裟《けさ》は憎くないということか。

「あ、そうか。旧約聖書と新約聖書……。コバルトさんと敵対していたのは、旧約聖書の神様ですもんね。それに対して、イエス・キリストは新約聖書の神様か……」

「その通り。ちゃんとご存知なのですな」

「ええ。最近、読み始めたもので」

「ほう！」

亜門が目を輝かせる。

「聖書は、人類史上最も多く、且つ非常に長く読み継がれている書物ですからな。読んでおいて、損はありませんぞ」

「ええ。アダムとイブにアベルとカイン。おぼろげに知っていた話がちゃんと分かって、なかなか楽しいです。ただ、ちょっと気を抜くと、誰が誰の息子でどれがどの地名だか分からなくなりますけど……」

「登場人物も地名も多いですからな。そういう時は、相関図を描くと良いのです」

「あ、なるほど。それは、目から鱗《うろこ》でした」

「その、目から鱗の語源となる話も、聖書にありましてな」

「えっ、そうなんですか」

「ただし、外典や続編と呼ばれるものなのです。司君が読んでいるのは、恐らく正典ですな。外典は当店の書棚に和訳されたものがあるので、後ほどご紹介しましょう」

「は、はい……」

正典で既に分厚いというのに、外典もあるとは。一体、いつになったら読み終わるやら。

「まあ、ご自分のペースでお読みください。他の本を読む合間に、息抜きとして読み進めるのもいいかもしれませんな」

「息抜きにしては、随分と重いですけどね……」

私の言葉に、亜門は含み笑いを浮かべる。

「司君は天使の名をそれなりにご存知のようですし、外典の方が楽しめるかもしれませんな。ラファエル殿の名が登場するのも、外典ですし」

「あっ、アザリアさんも出るんですね」

「そう。アザリアという名前も、外典のトビト記に登場しますぞ。どのような物語かは、読んでのお楽しみですな」

亜門は意味深に微笑《ほほえ》む。

「勿体《もったい》ぶらないでくださいよ。そっちを先に読みたくなるじゃないですか」

「フフ。トビト記では、善行を積んでいたトビトという男性が、ふとしたことで、目に膜が張り、失明をしてしまいましてな。彼の息子のトビアスが、旅の道中にラファエル殿から治療法を教えて貰《もら》うのです。それを実行したところ、トビトの膜は落ち、視界が開けたというわけですな」

「それが、目から鱗が落ちる、というのに繋《つな》がるんですね」

「左様。そして、ラファエル殿のアドバイスに従い、トビアスはサラという女性と結婚をして、めでたしめでたし、なのです……が……」

亜門の表情が急に曇る。眉間《みけん》を揉《も》み出す様子に、「どうしたんですか？」と尋ねた。

「いえ……。そのサラという女性は、悪魔に憑《つ》かれていましてな。これもまた、ラファエル殿から方法を教えて貰ったトビアスが、悪魔を撃退したのですが……」

「悪魔を撃退なんて、トビアスさん、カッコイイですね」

「まあ、トビアス殿は良いのです。しかし、サラ嬢から引き離された悪魔のことを思い出しましてな」

「あっ」と声をあげそうになる。そう言えば、亜門もまた悪魔と呼ばれる存在なのだ。

「その、お知り合いだったんですか?」

「……ええ」

亜門は沈痛な面持ちになる。

「彼はサラ嬢に惚《ほ》れ込んでおりましてな。そのため、サラ嬢から他の男を退けていたのですが、そのやり口が強引だったのです。しかしまあ、それが元で、あんなことになってしまうとは……」

「惚れ込んでて……。つまり、契約がどうのとか、利害がどうのじゃなくて、単純に好きだったんですね」

「ええ。その後の、アスモデウス公の荒れっぷりといったら……」

見ていられなかった。と亜門は手で顔を覆う。

「アスモデウスっていったら、有名な悪魔じゃないですか。悪魔を取り扱うゲームでは、かなり強いキャラだったような気がしますし。そんなひとの話も入っているんですね」

アスモデウスは、情欲を司《つかさど》る三頭の悪魔だった気がする。三谷だったら、彼がどんな性質で、どんなことが得意なのか知っているかもしれない。

「それ以降、アスモデウス公とラファエル殿は犬猿の仲でしてな。と言っても、アスモデウス公が一方的に殺意を抱いているのですが」

「アザリアさん、どちらかと言うと争いを避けたがっていましたしね。積極的に対立はしなそう。それにしても、殺意だなんて、穏やかじゃないなぁ……」

「顔を合わせれば、間違いなくその場で争いが起きますな。彼らの場合、私が幾ら取り持ってもどうにもならなかったので、生き物のいない荒野で心行くまでお話し合いをして頂きたいものです」

亜門はしみじみと言った。この場合のお話し合いとは、殴り合いの類《たぐい》なのだろう。

アザリアは軍医と言っていたが、戦闘は出来るのだろうか。

いずれにせよ、知名度の高いふたりが激突しては、ただでは済まないだろう。どうか都心で遭遇し、辺りを荒野にするなどという事態にならないで欲しい。

「あ、そうだ、クリスマスですけど」

不穏な話題から切り替え、クリスマスツリーの方を見やる。

「何かをするんですか？　パーティーであれば、コバルトさんが喜びそうですけど……」

「ご名答！」

亜門は表情を輝かせる。

「流石《さすが》は司君、鋭いですな。今年は司君もいることですし、小さいながらもパーティーをやろうと思いましてな。勿論《もちろん》、コバルト殿も招いてのことです」

「そうなんですか。賑やかになりそうですね」

思わず笑みがこぼれる。たった三者のパーティーでも、彼が居れば、十人や二十人規模の賑やかさになりそうだ。

「それにしても、敵対する相手の息子の誕生日でパーティーをするというのも、なかなかいい根性してますよね……」

言葉を選ぼうと思ったが、適切な言葉が見つからなかった。

「まあ、何かを口実に集まり、交流を深められれば良いのです。そこは、人間も我々も同じということですな」

「ははは……」

亜門は何てこともないように言ったが、痛恨の皮肉だ。

日本では、信仰している宗教も関係なく盛り上がる。そもそも、現代の日本は無神論者を気取る者が増えているのに、クリスマスの賑わいは衰える様子がない。本来は家族と過ごすべきであるこの行事も、恋人と過ごすのが当たり前となってしまっていた。そして、恋人がいない者がそれをねたんで騒ぐという構図は、インターネットなどで散見される。

皆、何かにかこつけて騒ぎたいだけなのかもしれない。

何とも言えない気持ちになりながらも、亜門が店の奥へ向かおうとするのに気付く。

「あれ、亜門？　何処《どこ》へ行くんです？」

「身支度を整えようと思いましてな」

「身支度？」

「これから、買い出しに行くのです。このままでは、珈琲とケーキくらいしか出せませんからな。コバルト殿に膨れられてしまいます」

駄々っ子を持つ父親のような笑顔で、亜門は言った。

「勿論、司君にもついて来て貰いますぞ。私はこの通り、腕が二本しかありませんからな。荷物を持つのにも、限界があるのです」

暗に、荷物持ちをせよと告げ、亜門は奥へと引っ込んだ。

「分かりましたよ。僕は非力なんで、あなたほどは持てませんけど」

彼の背中に了解の意を示すと、私もまた、脱いだばかりのコートの袖に腕を通したのであった。


クリスマスと言っても、神保町はそれほど浮かれていない。

靖国通りにずらりと並ぶ古書店にクリスマスツリーが飾ってあるわけでもなく、サンタクロースの装飾がぶら下がっているわけでもなかった。あるのは、イルミネーションくらいか。

「そう言えば、何を買いに行くんです？」

「やはり、定番の――」

「オードブルとか？」

「七面鳥やホロホロ鳥などを買おうと思いましてな」

「それは、この辺じゃ売ってないと思います……」

「おや、そうですか。では、他の方は何処で入手しているのでしょうな」

「インターネットの通販ですかね……」

そもそも、七面鳥やホロホロ鳥を食べられるような身分ではないので、その辺の事情が分からない。

「仕方がありませんな、私も届けて貰いましょう」

「でも、当日の注文って受け付けてるんでしょうかね。通販だと、早くても翌日になっちゃいそうですし」

「ご安心ください」と亜門が自信満々に言う。

「何か秘策があるんですか？」

「はい。七面鳥やホロホロ鳥を持っていそうな同志に、召喚状を書くのです」

亜門の同志。即《すなわ》ち、悪魔や魔神と呼ばれるひと達のことである。

「クリスマスのご馳走のために魔神を呼び出すのはやめましょうよ！　というか、怒られますよ！」

「安心して下さい。ケーキで許してくれる方を呼びますぞ」

「逆に、ケーキで許してくれる魔神っていうのも、何だか嫌ですけどね……！」

「一番許してくれそうなのはコバルト殿ですな。ああ、なるほど。コバルト殿に持ってきて貰いましょう。彼がまともに持って来て下さるかは彼の気分次第でしょうが」

「……取り敢《あ》えず、スーパーで買えそうなオードブルも買いましょう」

七面鳥の類への期待は、白い吐息とともに寒空の中へと消えた。

空は灰色だ。空気も冷たく、頬《ほお》に刺さる。いつ、雪が降ってもおかしくない。

「それにしても、どうしてクリスマスよりも、クリスマス・イブの方が盛り上がるんでしょうね。クリスマス・イブの夜にやたらと盛り上がって、クリスマス当日ははしゃぎ疲れちゃうじゃないですか」

その言葉に、亜門は「おや？」と首を傾《かし》げる。

「えっ、どうしました？　何か、変なことを言いました？」

「いいえ。司君、クリスマス・イブの夜と言いましたかな？」

「え、ええ」

亜門は、「ふむ」と顎に手を当てる。

「どうやら、司君は勘違いをしているようですな」

「へ？」

「そもそもクリスマス・イブとは、十二月二十四日を指しているのではなく、二十四日の夜を指しているのです」

「えっ、そうだったんですか？」

　思わず声を上げてしまう。

「クリスマス・イブとは、〝Christmas evening〟ですからな。ユダヤ暦では、日没で日付が切り替わっていたので、現在の二十四日の日没後は、ユダヤ暦の二十五日に相当するというわけです」

「あ、それじゃあ、日没になったらクリスマスということですね。逆に、二十五日の日没後は関係ないんだ……」

「ええ。降誕祭は二十五日の日没前までということですな」

　二十四日の夜ばかり盛り上がっているというのは、あながち、間違っていないということか。

　我々は神保町駅前の交差点までやって来る。すると、亜門は水道橋方面に右折した。

「あれ？　何処へ行くんですか、亜門」

「買い出しの他にも、所用が御座いましてな。お付き合い頂いてもよろしいですか？」

「え、ええ。あなたになら、幾らでも付き合いますけど」

　僕が行ける場所ならば。と胸の中で付け加える。

「それは頼もしいですな」

「で、何処へ向かってるんです？」

「東京ドームシティです」

亜門はそう言うと、目的地の方を見やる。その横顔は、物思いにふけっているように見えたのであった。


東京ドームシティは、後楽園ゆうえんちという名称の方が馴染《なじ》みのある人もいるだろう。外壁のようにそびえる商業施設に囲まれ、東京の空にコースターや観覧車が飛び出している様子は、まるで、巨大なおもちゃ箱のようだった。

「うわぁ、さすがに、親子連れが多いですね」

昼前なのに人が多い。特に、はしゃぐ子供とそれに付き添う親の姿が目立つ。ラッピングされた大きな箱を持っている子供もいた。きっと、プレゼントのおもちゃを買って貰ったのだろう。

あとは、カップルや女友達同士も多い。我々のように男ふたりで歩いている者は見当たらなかった。

「我々も、親子だと思われてしまいますかな」

亜門は苦笑する。

「まさか！　実年齢はともかく、見た目はそこまで離れてませんし……」

　そもそも、顔も背格好もオーラもまるっきり似ていない。そういう意味では、友人同士にも見えないかもしれない。

「やっぱり、コバルトさんが最初に言っていたように、主人と従者でしょうかね……」

「司君は、謙虚ですなぁ」

　いいや、真実だ。どう控えめに見ても、私と亜門では不釣り合いである。そもそも、雇用主と従業員なので、その関係は間違いではない。

　道を往《ゆ》く人間がこちらにチラチラと視線をくれる。明らかに好奇の視線だった。

　何故《なぜ》、海外俳優並みの美《び》丈夫《じょうふ》たる紳士と、これと言って特徴のない貧相な日本男子が一緒に居るのか。彼らの視線は、我々にそう問いかけていた。

　こんなところで、亜門は何をしようとしているのだろう。

　商業施設に囲まれた広場では、メリーゴーランドが優雅に回っている。観覧車は、灰色の空を背に、私達を見下ろしていた。

「……用事、早く済ませましょうか」

「ええ。この近くの、コンビニエンスストアに用事があるのですが」

「コンビニ？」

　まさか、この貴族たる紳士の口から、コンビニなどという言葉が飛び出るとは思わなかった。

「コンビニで何を買うんですか？　そもそも、あなたがコンビニで買うものなんてあるんですか？」

「買い物に行くわけではありません。人に会いに行くのです」

「あ、なるほど。でも、コンビニにいる人って、店員くらいじゃあ……」

店員に何の用があるというのか。

「まあ、まずは同行者である司君に事情の説明をした方が――」

そこまで言うと、亜門は口を噤《つぐ》む。

急に険しい眼差《まなざ》しになり、空を仰いだ。

いや、彼の視線の先は、商業施設の二階だった。柵《さく》が設けられてバルコニーとなっている二階の通路に、見覚えのある人影があった。

「あれは、アザリア……さん……！」

そう。アザリアと名乗った、天使ラファエルが居た。相変わらず、軍服にも似たコートをまとっていた。

彼は、思索に耽《ふけ》るような眼差しで道往く人々を眺めていた。しかし、亜門の視線に気付いてか、バッとこちらを振り返る。

「……参りましょう」

「えっ？　ま、待ってくださいよ、亜門！」

亜門は階段を登り、二階の通路へと向かう。

二階では、アザリアが待っていた。背筋をすっと伸ばして我々を迎える。

「お久しぶりです。先日は、ご迷惑をおかけ致しました」

アザリアは丁寧に頭を下げる。

「いいえ。風音君もずいぶんと、仕事熱心だったようですからな」

「……融通が利かず、若くて経験が不足しているのです」

差し詰め、血気盛んな新入社員といったところか。つい数カ月前まで新入社員だった私は、若干の共感を覚える。と言っても、私は血気が欠けていたが。

「あなたも、お元気そうで何よりです」

アザリアは私に微笑む。「はぁ、どうも」と曖昧《あいまい》に笑って返した。

「司君、緊張しておりますか？」

「え、まあ、ちょっと……」

早くも亜門に見破られてしまった。

アザリアと風音の様子からして、私の立場は微妙なようだ。彼らと敵対している勢力の亜門と接触しているため、良く思われてはいない。アザリアは亜門と交流があり、彼への理解があるので私にも温情をくれているようだが、いつ、風音のように刃《やいば》を向けるか分からない。

「安心して下さい。彼は信頼のおける人物です」

「亜門と仲が良くて、敵対しているコバルトさんをちゃんとした名前の方で呼ぶ辺り、そうだとは思ってるんですけど……」

「それでも不安が残るというのならば、私が拭《ぬぐ》って差し上げましょう」

「へ？」

一瞬、亜門が何を言わんとしているのかが分からなかった。

アザリアは不思議そうにこちらを見ている。そんな彼に、亜門は静かに向かい合った。

「アモン侯爵？」

「ラファエル殿……」

亜門はすっとアザリアの背後を指さす。そして、真面目《まじめ》な顔でこう叫んだ。

「あなたの後ろに、〝黙示録の竜〟が！」

「なんと！　ミカエルを呼ばなくては！」

アザリアは蒼白《そうはく》になって振り向く。勿論、何もいない。どこぞの兄弟と思しき子供が、甲高い声をあげてはしゃいでいるだけである。

「あ、あれ？」

「そうかと思えば、メリーゴーランドにアスモデウス公が！」

「そんな！　あの方、今度こそ悔い改めさせなくては！」

アザリアは柵から身を乗り出し、メリーゴーランドの方を見やる。

「そして、観覧車の上には、ジャージー・デビルが！」

「なんということ！　悪魔の子がこんなところに⁉」

「更に、空にはアダムスキー型のＵＦＯが！」

「これは一大事！　新たな人に新たなる文明が来たということは、〝主〟の新たなる敵が⁉」

亜門が指さす方向を、逐一、目を皿のようにして眺めるアザリアを見て確信した。

このひとは、いいひとだ。

一方、アザリアは肩で息をしながら、辺りをきょろきょろと見回している。当たり前だが、三頭の魔神がメリーゴーランドに乗っていたり、異形のものが観覧車と戯れていたり、未確認飛行物体がやって来る気配はない。

「とまあ、こういう方ですな」

亜門はしれっとした顔で私に向き直る。

アザリアは一頻《ひとしき》り敷地内を見回すと、呻《うめ》くように言った。

「アモン侯爵……。いずれも、全く姿が見えないのですが……」

柵を握りしめたまま、ラファエルはぷるぷると震えている。

何だか、可哀想《かわいそう》になって来てしまった。そんな彼に、亜門はあっさりとこう言った。

「ああ、嘘《うそ》です」

「ウソ⁉」

ルネサンス絵画さながらの天使は目を剝《む》いた。

「ええ。あなたの無垢《むく》で善良な性格を司君に伝えるためについた嘘です。見逃して頂けますかな?」

亜門は、紳士的に微笑む。

「無垢で、善良……」

「はい。美点を口で説くよりも、実際に見て頂けた方が実感し易《やす》いと思いましてな」

「そのような目的とあらば、致し方ありません。アモン侯爵、私はあなたを許しましょう」

散々嘘でいたぶられた天使は、威厳たっぷりにそう言った。

「恐縮です。――司君も、彼のことが分かりましたかな?」

「は、はい」

無垢というよりも単純で、良い意味でも悪い意味でもいいひとだということが。

「因《ちな》みに、この手法が通じるのはラファエル殿くらいなので、他の方にはやらないように」

「やらないですよ。というか、他の天使には出来るだけ会いたくないです……」

もし遭遇したら、とても面倒くさいことになりそうだ。天使に追われるのは、あれっきりにしたい。

「それにしても、アザリアさんは、どうしてここに？　もしかして、亜門の用事って、アザリアさんに関係が？」

「いいえ。私は地上の巡回です。日本では、一年で最も〝主〟とイエス・キリスト殿への気持ちが昂《たかぶ》る時期ですからね。そのような時に、トラブルがあってはいけないと思いまして」

「風音君達には任せないのですかな？」

亜門は問う。すると、アザリアは苦笑した。

「基本的には彼らの領分なのですが、やはり、自分の目で現場を見たいのです。それに、フォローが必要な時もあるでしょうしね。天の国で呼ばれるのを待つのは、私には合いません」

「あなたはもともと、現場主義でしたからな。トビアス殿に対しても、助言をするだけでなく、共に旅をしておりましたし」

「ええ」とアザリアは頷《うなず》いた。

「では、先程思いつめたような顔をしていたのは、何故ですかな？」

亜門の質問に、アザリアの表情が曇る。

「そんな顔、していましたか?」

「ええ。随分と」

「お恥ずかしいところを」

アザリアはバツが悪そうだった。

「ツカサ君に奇跡を拒絶されてから、ずっと彼是《あれこれ》と考えていたのです」

「えっ、僕が原因……ですか?」

「あなたが気に病むことではありません」

アザリアはきっちりとそう言った。

「原因は、こちらにあります」

「何を悩んでいたのですかな?」

「人の子の、幸福についてです」

アザリアはバルコニーの下を見やる。

親に手を繋《つな》がれて、はしゃぐ子供の姿があった。友達同士でふざけ合いながら、露店で売られているチュロスの列に並んでいる学生がいた。彼らは皆、笑顔だった。

「我々は昔から、苦しむ人の子に奇跡を与えて癒《いや》してきました。しかし、今、この時代で、それは正しいやり方なのかと、疑問を抱いたのです」

アザリアは、肩に下げていたバッグから見覚えのある洋書を取り出す。

「あなたが下さった、〝すばらしい新世界〟を拝読しました」

「ほう。それは何よりですな」

「恐ろしい話でしたね。この物語に登場する新世界に、我らが〝主〟はいない。人々は信仰を忘れて生きている。まあ、その新世界を築いた人物を崇拝しているようでしたから、信仰の力は全《すべ》てその人物に持って行かれたということなのでしょう」

それはともかく、とアザリアは言う。

「その時代によって、相応《ふさわ》しい幸福の形があり、共感されるものも違うということも説いていたような気がします。皆が苦しい想《おも》いをしている時代であれば、そういった芸術作品がもてはやされるのですが、皆が何の不足も無い時代では、全く共感が得られないという」

「そうです。そして、芸術も信仰も、人が共感した時にその価値が認められるものですからな」

亜門は鷹揚《おうよう》に頷いた。

「こんなことをお話しするのもどうかと思いますが、あなたを信じてお話しします。昨今、我らが〝主〟は、少しずつ力を失っておられます。異教の神々もそうだと聞きました。やはり、我らの存在は、この時代の方々に共感し難いものなのでしょうか」

「……そうなのかもしれませんな」

亜門もまた、複雑な表情だった。

彼もまた、かつては豊穣神《ほうじょうしん》だったのだとコバルトから聞いた。彼の半身は、まだ神の座にいるようだし、思うことがあるのだろう。

「私も、こうやって地上に降りているとはいえ、人の子ではありません。やはり、立場が違うと、見えないこともあるのです」

そこで、アザリアは私の方を見た。

「あなたは、信仰する神がいないと言いましたね。それは、何故なのです? あなたがそれなりに満たされており、神が必要ないというからなのですか?」

「え、えっと、それは……」

助けを求めるように亜門の方を見やる、しかし、「素直に答えても構いませんぞ」と返されてしまった。

「その、ふたりの前でこういうことを言うのは憚《はばか》られるんですけど」

予防線を張り、恐る恐るこう言った。

「今はだいぶ不足や不満がありませんけど、満たされていない時に神様が必要だったかと言うと、そうじゃないんです」

「そうなのですか?」

「ええ。だって、どんなに祈ったって神様は助けてくれないじゃないですか」

自然と苦笑が漏れる。

「もしかしたら、そもそも、祈りの声が聞こえないのかもしれませんね。僕らの悩みは、それほどに小さなものだと思うんです」

聖書を途中まで読んで、思ったことがある。

この時代のこの国に生まれた我々は、滅多なことでは飢えない。迫害もされない。偶《たま》に恐ろしい犯罪や悲しい事件はあるけれど、最低限の生活は保障されているし、プライドさえ捨てれば、廃棄物を漁《あさ》って食べ物を得ることだって出来る。

昔に比べたら、我々の苦しみはずいぶんと小さくなった。それでも、今の時代を生きている我々にとって、その小さな苦しみも大きなものに感じられる。

「僕達はずいぶんと我儘《わがまま》になってしまって、そんな願いが神様に聞こえることなんてなくて、神様が何もしないことが当たり前になって……。だから、神様を信仰する人間が減っているんだと思います。ってまあ、僕の見解なんですけど」

「……そんな中、あなたが苦境に陥った時、どう乗り越えるおつもりですか？」

アザリアの質問に、少しばかり考える。私が職を失った時、一体どうしていただろうかと、記憶の糸を手繰り寄せる。

「……自分で、どうにかしようと思いますね。兎《と》に角《かく》、前に進もうと思います」

それが正しい道か分からなくても、ひとまずは手探りで進んでみる。何せ、頼れるのは自分だけだと思っているのだから。

「では、我々の出る幕は、この先もなくなるというのですね」

アザリアは深い溜息《ためいき》を吐《つ》く。

「でも、アザリアさんのところの神様を信仰している人はとても多いし、まだまだ平気だと思います……けど……」

しかし、時代は移り変わる。百年先、二百年先がどうなるかは分からない。

「人の思想が変わるならば、我々もまた、別の関《かか》わり方をすれば良いのです」

亜門の言葉に、アザリアは顔を上げる。

「別の、関わり方……？」

「奇跡を与える機会がなくなってしまうのならば、別のものを与えれば良いのです。時に、ラファエル殿……いいや、地上にいる時はアザリア殿とお呼びしましょうか。アザリア殿は、お時間はありますかな」

「え、ええ。降誕祭が始まるまでは、かなり自由が利きますが」

「では、少々お付き合いください。私の所用を、あなたにも手伝って頂きたいのです。——おふたりとも、ついて来て下さいますかな？」

亜門はそう言って踵《きびす》を返す。

私とアザリアは顔を見合わせる。

「アザリアさん、どうします？」

「……異教の魔神に教えを乞《こ》うなんて、同胞に怒られてしまいますね」

彼はそう苦笑すると、私とともに亜門を追ったのであった。


私達が連れて来られたのは、東京ドームシティのすぐそばにある、高層のホテルだった。一階には、ロビーラウンジと呼ばれる喫茶スペースがある。窓は大きく切り取られ、外界の光を存分に降り注がせていた。

ずらりと並んだテーブルのうちの一つを、我々さんにんが囲む。

「おふたりに、見て頂きたいものが御座いましてな」

「見て貰いたいもの？」

私とアザリアの声が重なる。

「左様。その前に、おふたりは〝クリスマス・キャロル〟という物語をご存知ですか？」

「ええ。クリスマスの話ですからね。知識としては存じております」

先に答えたのはアザリアだった。

「イギリスの作家、チャールズ・ディケンズの作品ですね？　強欲な男であるスクルージが、クリスマスの精霊達に導かれ、悔い改める話でしょう？」

「大雑把に言うと、そうですな。スクルージは三人の精霊に、過去と現在と未来を見せられるわけです。かつて夢を持っていた彼の姿、彼に縁のある者の悲しい真実、そして、みじめな最期を迎える彼の姿を」

私もおぼろげながら覚えている。幼い頃、幼稚園の先生に朗読して貰ったはずだ。

未来の世界にて、強欲で意地悪なスクルージがシーツに包まれた遺体となり、彼の死を悼《いた》む人はほとんどおらず、盗人に金品を剝《は》ぎ取られていった姿は、なんとも哀れだったことを覚えている。

「スクルージは、三人の精霊の働きによって、心を入れ替えたんですよね」

「ええ。未来は、変えることが出来ますからな」

亜門は頷いた。

「僭越《せんえつ》ながら、私もクリスマスの精霊の真似《まね》ごとをしてみようと思うのです」

「亜門が過去と現在と未来を見せる……ということですか？」

「司君、その通りです」

亜門が微笑む。

「確かに、アモン侯爵も過去と未来を見通す力を持っていましたね。しかし、あなたの力はほとんど失われてしまったのでは？」

「ええ、そうですな。以前のような明確なヴィジョンは見えません。しかし、数々の人間の物語――すなわち、人生を見て来た結果、未来を予想することが出来るようになったのです」

「過去は？」

「私には、この力がありますからな」

亜門は周囲を見回し、誰もこちらを見ていないことを確認すると、ぱちんと指を鳴らす。すると、目の前に本が出現した。

ソフトカバーの単行本だ。表紙になっているカバーはシックな黒で、マットな表面に箔《はく》押《お》しで金縁が描かれている。しかし、タイトルは見当たらない。

「これって、誰かの物語ですね？」

私の問いに、亜門は頷いた。

「司君が不在の時、当店を訪れたお客様のものでしてな。ずいぶんと回り道をしてしまいましたが、私の所用とは、この物語をハッピーエンドに導くことなのです」

「中を、拝見しても？」

アザリアの問いに、「どうぞ」と亜門が勧める。

「一緒に見ましょう、ツカサ」

「は、はい」

緊張気味に、アザリアとともに本の中を覗《のぞ》き見る。活字は大きく、読み易い。

内容は、こうであった。

或《あ》るオフィスに勤務する男性の物語だった。

彼の妻は、二年半ほど前に亡くなってしまった。しかし、彼には娘がいた。名は、陽菜《はるな》といった。

彼女を独りにするわけにいかないといって、クリスマス・イブは残業をせず、ケーキを抱えて早めに帰るようにした。

しかし、彼女と一緒にクリスマス・イブを過ごすことは出来なかった。高校生である彼女が、コンビニでアルバイトを始めたからである。

クリスマス・イブ、彼女は遅く帰ってくる。コンビニが忙しいためだ。コンビニで夕食を済ませてしまうので、父親が買ってきたケーキやご馳走は食べられない。ケーキは日持ちしないし、ご馳走も悪くなってしまうので、父親が独りで食べることになってしまう。

一昨年も、昨年もそうだった。

来年、彼女は大学生になる。そしたら、一人暮らしをする予定なのだという。彼女とともにクリスマス・イブを過ごすチャンスは、今年しかない。

でも、今年もきっと、一緒に過ごせない。娘はあまり自分と話そうとしないので知らないが、バイトのシフトだって入っているはずだ。

年頃の娘は、父親とともにクリスマスを過ごすより、小遣いを稼ぎたいのだろうか。欲しいものもあるだろうから、その気持ちは分からないでもない。

しかし、とても寂しい。


そんな終わり方をしていた。顔を上げると、沈痛な面持ちの亜門がこちらを見ていた。

「どう思いますかな？」

「この人、可哀想ですよね。そりゃあ、娘さんにとって、バイトだって大事なんでしょうけど……」

「今のところは、私も司君と同じ意見ですな」

亜門は深い溜息を吐く。

「この本の持ち主に、奇跡を起こして差し上げたいですね」

アザリアは呟《つぶや》くように言った。

「しかし、本件に関しては、奇跡は禁止です」と亜門がぴしゃりと忠告する。

「なんと！」

「天から降ってくる奇跡は、現代社会で悩める方々に合わないのです」

「ですが……！」

アザリアは大袈裟に顔を覆う。

「ああ、アルバイトをする娘を小脇に抱え、この方のもとに引きずっていきたいのに！」

「物理的奇跡じゃないですか！」

私は思わず叫んでしまった。

「奇跡などを使わず、ほんの少しの関わりで未来を動かす。それが、現代社会に合った手法なのです」

「ほんの少しの関わりで……」

「豊かな分、現代人には底力がありますからな。それを信じて差し上げるのです」

「我々が、人の子を信じるのですか」

亜門は「はい」と頷くが、本来ならば信じられる側であるアザリアは、腑《ふ》に落ちていない顔をしていた。

ウェイターが我々に珈琲を持って来てくれる。亜門と私はブラックで、アザリアは砂糖とミルクを入れてから、それを口にする。

珈琲の芳香が、喉《のど》から鼻に抜けていく。自然と、身体《からだ》から緊張がほぐれていった。

「この店の珈琲もなかなかですな」

亜門は素直に賞賛した。

「今のままだと、この方にどのような未来が待っているか、おふたりとも想像出来ますかな」

「え、ええ」

我々は揃《そろ》って頷いた。

「今年も去年と同じになりますよね。最後のクリスマスだからって、娘さんが一緒に過ごしてくれるわけでもなさそうだし」

私がそう言うと、アザリアは「ああ」と顔を覆った。

「何たる悲劇。こうして、この本の持ち主の魂は、孤独に打ち震えなくてはいけなくなってしまう。スクルージは本人を説得すれば良かったのに、こちらは娘を説得しなくてはならないとは！」

「そうなのです」と亜門も難しい顔をした。

「どちらかと言うと、選択肢を握っているお嬢さんの方がスクルージかもしれませんな。彼女もまた、これで父親とともに過ごす機会を失ってしまったら、いずれ、後悔することになるでしょう」

そのまま実家から出てしまえば、家族とクリスマス・イブを過ごすのは難しい。その相手が異性の親ならば、尚更《なおさら》だ。

しかも、母親がいなくなった途端にアルバイトを始めたり、大学に入ってからは一人暮らしをしようとしたりするという徹底っぷりだ。彼女はそもそも、父親のことを良く思っていないのかもしれない。

この話を、そのまま進めて良いものなんだろうか。

そんな風に悩む私をよそに、亜門は話を進めていた。

「この件、司君の助力をお借りしつつ私がどうにかするつもりでしたが、いかがですか？」

亜門の視線の先には、アザリアがいた。

「いかが、とは……」

「全て、あなたに任せるというのは」

「わ、私に、ですか……」

アザリアの眉間に深い皺《しわ》が刻まれる。

「勿論、お引き受けしたいところですが、奇跡の力を無くして私に出来ることがあるのかどうか」

「出来ます。あなたには実績がありますからな」

「実績？　私は、常に奇跡を起こしてきたのに」

アザリアはますます分からないといった風だ。

「しかし、アモン侯爵がそうおっしゃるならば、そうなのでしょう。分かりました、お引き受けしましょう」

アザリアは、力強く頷いた。その顔は正に軍人そのもので、勇ましかった。亜門は、

「結構」と満足そうに微笑む。

「ヒントは〝クリスマス・キャロル〟にありますぞ。一度、ちゃんと読んでおくことをお勧めしますな」

「そう……ですね。人の子の物語に、教えられることもありましたし」

アザリアは、〝すばらしい新世界〟の洋書が入ったバッグに視線を落とす。

「それでも不安ならば、我が友人にして従業員をお貸ししましょう」

アザリアの視線が私に向く。一瞬、何を言われているのかが分からなかった。

「え、あ、亜門……？」

「司君、しばしの間、彼の手伝いをして頂けますかな？　私はその間、今晩のパーティーの準備を致しましょう」

「で、でも、僕に出来ることって……」

「あなたは人間ですからな。人間でないと分からないことも分かるはずです。〝クリスマス・キャロル作戦〟を必ずや成功に導くと、私は確信しておりますぞ」

亜門がにっこりと微笑む。拒否をする、余地はなかった。

それから数時間後。件《くだん》の娘、陽菜がアルバイトにやって来る時間になった。

私とアザリアはコンビニの前で彼女を待った。亜門もそうだが、アザリアも人目を引く外見なので、若い女性からお年寄りの女性まで、何度も声をかけられた。尤《もっと》も、天使である彼は、誰にでもそつなく対応したのだが。

「それにしても、女子高校生をバイト先で待つなんて、ストーカー染みてますよね」

「奇跡を授けるために、我らがよくやることです」

「まあ、信仰心がある人だったら、天使が待ってたら有り難いんでしょうけど」

待っているのが信ずるものの遣いではなく、見ず知らずの男だったとしたら、私が彼女の立場ならば通報している。

「もし、警察のお世話になりそうになったら、アザリアさんの奇跡の力で何とかして下さいね。事情聴取なんて受けてたら、亜門達のパーティーに間に合わなくなるんで……」

「その時は、私の正体を明かして、事情を説明しましょう」

「相手が現代の日本の警察なんで、それは逆に、他の容疑がかかりそうです……」

天使だと言っても、現代人には信じて貰えないだろう。亜門だって、魔法を使っているところを目の当たりにし、彼の正体をこの目で見たからこそ、彼が魔法使いを名乗る悪魔であることを受け入れられたのだ。

アザリアもそうすれば信じて貰えるかもしれないが、大ごとになるのは避けたかった。

「出来るだけ自然に声をかけましょう。くれぐれも、僕と会った時みたいに、宗教の勧誘っぽくしないで下さいね」

「承知しました」

　ぱたん、と本が閉じられる音がする。

　アザリアは、手にしていた〝クリスマス・キャロル〟の文庫本を読み終えていた。ここに来る前に、書店で購入したものだ。

「人の子の物語は、良いものですね。私は何故、今まで読もうとはしなかったのでしょう」

　嘆かわしい、とアザリアは大袈裟に顔を覆う。

「まあ、これから読めばいいいんじゃないでしょうかね。僕だって、亜門と会うまではあまり読んでませんでしたし」

「そうですね。因みに、ツカサはこの本を読まないのですか？」

「あ、僕はこっちで読んだんで」

　タブレット端末を掲げる。先ほど、電子書籍版を読み終えたところだった。海外古典は、訳者を比べながらじっくり選びたい。なので、この一件が片付き、神保町に戻ってから、改めて紙の本を買うつもりだ。

「ふむ、便利なものですね」とタブレット端末を見たアザリアは感心する。

「ええ。まあ、僕は紙の感触が好きなので、基本的には紙の本を買うんですけど」

「私は移動が多いので、出来るだけ荷物を減らしたいのです」

「あ、成程。それならば、電子版の方が良いかもしれませんね」

「それに、人の子を救うための道具も持たなくてはいけませんからね」

アザリアは何故か得意げな顔で、肩に下げていたバッグを示す。その中に、一体何が入っているのだろうか。

「それにしても、私の察しが悪いためでしょうか。アモン侯爵が言わんとしていることが、分からないのです」

「まあ、一読しただけだと分からないこともありますよね。あと、読んだ内容を頭の中で整理した方が良いかもしれません。噛《か》み砕いて行くうちに気付くこともあるので」

「噛み砕いて行くうちに、ですか……」

アザリアは、顎に手を当てて考え込もうとする。しかし、コンビニに向かってやって来た少女を見て、ハッとした。

「兄弟ツカサよ、あの娘がハルナではありませんか？」

「兄弟……」

その呼び方が気になったが、今はそれどころではない。

流行《はや》りのアイドルのような髪型をした少女が、こちらに向かってやって来る。やや猫に似た顔立ちで、妙にくっきりしている目元は化粧をしているためだろう。亜門から事前に聞いていた陽菜の特徴に当てはまっていた。

「嗚呼《ああ》、何たること……」

「アザリアさん？」

この生真面目な天使は、学生が化粧をしていることを嘆いているのだろうか。だが、彼が注目したのはそこではなかった。

「見なさい、あの召し物を。あれでは足が冷えてしまうではありませんか……！」

「えっ、指摘すべきはそこですか⁉」

確かに、彼女はスカートが短かった。しかも、タイツすら穿《は》いていない。

冬の空気が刺すように寒いというのに、何故、彼女らは足を出すのか。つくづく、若い女子はすごいと思う。

しかし、アザリアはそれが不満なようだった。

「若い女子が下半身を冷やしてはいけません。彼女にそのことを伝えなくては！」

「ま、待ってくださいよ、アザリアさん！」

アザリアはずんずんと彼女に歩み寄る。それに気付いて立ち止まる彼女に向かって、威厳を込めてこう言った。

「お待ちなさい、少女よ」

「えっ、なに、このイケメン。あたしが何かした？」

陽菜はぎょっとする。当たり前の反応だ。

「若い婦女子が、みだりに肌を見せてはいけません。肌を隠すものを買うための金銭が無いというのならば、私がこれを授けましょう」

アザリアは、肩に下げていたバッグから勿体ぶるように何かを取り出した。

ベージュだ。一瞬、タイツかと思ったが、妙に厚い。

「ラクダのももひきだ⁉」

「そうです、ツカサ。これを穿けば、たちどころに暖かく……」

「ダッサ」

陽菜は露骨に顔をしかめながら、ももひきを押し戻す。

「なんと……！　あなたは救済を拒むというのですか」

「だって、ダサいし」

「ふむ。若い婦女子ゆえに、可愛らしいものを好むというのですね。ならば、これはどうでしょう」

アザリアは再び、バッグの中に手を突っ込む。次に出したものは、赤かった。

「赤パンだ⁉」

赤い毛糸で編まれたパンツだった。しかも、可愛らしいカエルの絵がついている。毛糸のパンツを手にしたアザリアは、得意げな顔をして言った。

「ふふ、スガモへ視察に行った時に購入したのです。人の子の健康を守るものですからね。こんなこともあろうかと――」

「いらない」

陽菜はバッサリと言い放った。

「な、な、なんと……！　あなたは二度も救済を拒むのですか！」

「赤パンはスカートの下に穿くとゴワゴワするって聞いたし。っていうか、お節介にもほどがあるっていうの！」

眦《まなじり》を吊《つ》り上げながら、陽菜はアザリアに詰め寄る。

「大体、短いスカートはあたしのポリシーでやってるわけだし。放《ほう》っておいてよ、ガイジンさん！」

「成程。自らに苦行を課して、己を高めようという……！」

たぶん違う。いや、彼女らは彼女らなりに自分を高めているようだから、間違っていないのだろうか。

「しかし、それで体調を損ねてはいけません。そもそも、女性は身体の構造上、寒さに強くないのです。脂肪があるため、冷気を比較的通さないのですが、逆に、一度冷えたら温まり難いということなのですよ？　あなたも今、とても寒いはずです。そんなあなたに、知恵を授けましょう」

「はぁ……」

陽菜は生返事をする。完全に引いていた。

「すりおろした生姜《しょうが》を、ひとかけら分用意しなさい。それを蜂蜜《はちみつ》か黒蜜とともに杯《さかずき》に入れ、お湯を注ぐのです」

「で……？」

「その飲み物を口にすると、たちどころに身体が温まることでしょう。幸い、私には持ち合わせの生姜があります」

アザリアはバッグの中から生姜を取り出す。というか、そのバッグに、一体どれほどのものが詰められているのか。

「あとは蜂蜜とお湯さえあれば、あなたは凍える必要もなくなります」

そっと、陽菜に生姜を持たせる。天使然とした、威厳がありながらも慈悲深い笑顔が、一介の女子高校生に向けられる。

「ウザッ」

うざい。その一言で、彼女はアザリアを押しのけた。

「何でそんなにお節介なの。超うざいんですけど。放っておいてよ」

成り行きで持たされた生姜を握ったまま、彼女はコンビニの中へと消えて行ってしまった。

その後ろ姿を、アザリアが呆然《ぼうぜん》と見送る。更にその後ろ姿を、私が何とも言えない気持ちで見つめていた。

「……あの、アザリアさん。元気出して下さい。最近の若い子も、ああいうのばかりではなく——」

「ふっ、あとは蜂蜜とお湯を彼女に与えるだけですね」

「懲りてなかった！」

むしろ、アザリアの目は燃えていた。私も完全に引いていた。

「っていうか、今やるべきことは、彼女を健康にすることじゃないですから！」

「そ、そう言えば、そうでした」

危うく、〝クリスマス・キャロル作戦〟が、〝おばあちゃんの知恵袋作戦〟になるところだった。

「しかし、彼女の性格は正しくスクルージですね。実に意固地だ」

〝クリスマス・キャロル〟の主人公たるスクルージは、確かに意固地な人間だった。慈善活動には一切手を出さず、従業員にクリスマスの休みを与えることも渋っていた。

「しかし、クリスマスの精霊の力を以《もっ》てすれば、スクルージのような方も、悔い改めて善良な方になるのです」

アザリアは、〝クリスマス・キャロル〟の文庫本を手に、何度も頷いた。

「彼女も上手《うま》くそうなればいいんですけど」と私は眉間を揉む。

「奇跡を使ってはいけない。ということは、クリスマスの精霊は呼べませんからね」

アザリアもまた、眉間を揉んだ。

「うーん。スクルージはいるけれど、肝心のクリスマスの精霊が不在か」

しかし、亜門は我々ならば出来ると言っていた。彼が断言するのならば、既に役者は揃っているはずだ。

「あ、そうか。アザリアさん、僕らがクリスマスの精霊になればいいんですよ！」

「成程。彼女に過去と現在と未来を見せる――のは、奇跡を使わなくてはいけないのではないでしょうか……」

一瞬、目が輝くものの、アザリアの語尾はすぐに小さくなってしまった。

「奇跡を使わなくても、伝えることは出来ます。あなたのお父さんはこう思っている。このままだとこうなってしまう。そんなことをアドバイス出来ればいいんじゃないでしょうか」

「そうですね。奇跡を使わずとも、アドバイスは出来る……」

アザリアは合点がいったようだ。

「――ふむ、成程」

「どうしました？」

「考えてみれば、私はトビアスの時も、彼に助言を行っただけなのです」

目に膜が張った人への治療法を授け、魔神アスモデウスを退ける方法を教えた。それを、トビアスが実行したのだ。直接、アザリアが手を下したわけではないのだという。

「亜門は、そこを思い出していたのかもしれませんね」

授けるのは、便利な奇跡ではなく、アドバイスだ。

相手と直接対話し、時には痛みを分かち合い、背中を押す。人間と同じ目線で、人間に寄り添う。神や天使だけではなく、人間にも出来ることだ。

「そうと決まれば、参りましょう」

アザリアはコンビニの自動扉に足を向ける。私もまた、深く頷いたのであった。


「少女よ、悔い改めなさい」

レジに向かったアザリアは、商品棚に陳列されていた蜂蜜のボトルを片手に、開口一番そう言った。

制服姿になった陽菜は、「うわっ」と声を漏らす。隣にいた先輩らしき店員は、不審者を見る目でアザリアを見つめている。私は、カウンターに隠されているという通報ボタンを押される前に、彼を止めなくてはと腹をくくる。

「いらっしゃいませ。宗教の勧誘はお断りしてます」

蜂蜜のボトルを受け取りながら、陽菜はぴしゃりと言った。しかし、アザリアは引き下がらない。

「いいえ。あなたに是非とも、お伝えしたいことがあります」

「……なんだよ」

じと、と陽菜はアザリアを睨《にら》む。

「あなたの父上は、寂しがっておられますよ」

「………！」

動揺。陽菜はアザリアの視線から逃れるかのように、ボトルのバーコードを読む。バーコードリーダーの軽快な音が、やけに大きく響いた。

「なんで、あんたが親父《おやじ》のこと知ってんの」

「ひょんなことで、私の知り合いが知り合いになりましてね」

アザリアは正直に話してしまう。そこは、直接の知り合いになったと方便を述べた方が良かったのに。

それでも、陽菜はアザリアの方をじっと見つめていた。

「聞くところによると、あなたは来年、お一人暮らしをする予定だそうで。お父上とクリスマスの晩餐《ばんさん》を過ごせるのは、今年が最後なのではありませんか？」

「……う、うっさいな。あんたには関係ないじゃん！」

「あります」

アザリアの迷わぬその瞳《ひとみ》に、陽菜はぐっと押し黙った。

「私には、人々を幸せにする義務があります」

アザリアは陽菜を真《ま》っ直《す》ぐに見つめる。その碧眼《へきがん》に直視された陽菜は、しどろもどろになってしまう。

「な、なにそれ……。よく、そんなこと恥ずかしげもなく言えるよね」

「私が持って生まれた意味ですから」

アザリアは澱《よど》みなく答えるものの、「それはともかく」と話を戻す。

「今宵《こよい》はお父上のために、早く帰って差し上げなさい。クリスマスとは、本来は家族で過ごすものです。二年前から、お父上もあなたと過ごしたいがために、仕事を定時で切り上げているそうですよ」

「……マジか。親父、早く帰ってたんだ。いつもは遅いのに……」

陽菜は下唇を噛む。

「あなたはまだ間に合います。このチャンスを、逃してはいけません」

「…………でも」

うつむいたまま、陽菜は呻《うめ》いた。

「クリスマス・イブのコンビニって、すごく忙しいんだよ。あたしがいなくなったら、その分だけ、他の人が残業をしなきゃいけなくなっちゃうじゃん。そんな迷惑、かけたくないし」

「なるほど……。しかし、なぜ、その歳《とし》でそこまで熱心に働こうとするのですか？　一人暮らしをする資金を貯《た》めるためなのですか？」

アザリアの質問に、「勿論」と陽菜は答えた。

「だって、親父にばかり負担をかけたくないし」

ああ、そうか。

彼女は彼女なりに、父親を愛していた。だからこそ、自立しようとして、アルバイトをしていたのだ。

「けど、親父があたしと過ごしたかったことや、そのために早く帰っていたことは分かったよ。『今日は遅くなる、ごめんね』って、あたしの方から親父にメールしとく。あたしの帰りをずっと待ってるのは、可哀想だしね。別の日にでも、穴埋めを考えたいな。……教えてくれてありがと、ガイジンさん」

陽菜は、照れ隠しのようにもごもごと言う。アザリアは、そんな彼女に微笑み返した。

「では、その蜂蜜は、あなたに。ちゃんと身体を温めるのですよ」

「ま、まだその話を引きずってんの!?」

アザリアは会計を済ませると、陽菜に蜂蜜を渡し、レジの前から去る。その背中に、「ありがとうございましたー！」と陽菜は声を張り上げていた。接客のそれだけでなく、本当の感謝の気持ちを込めて。

「これで、上手く行けば良いのですが」

棚に隠れて様子を見ていた私のもとに、アザリアがやって来る。

「大丈夫そうですよ。ほら」

レジでは、陽菜と隣にいた女性の先輩店員が話していた。

女性は、陽菜がアザリアにぞんざいな言葉遣いをしていたことを注意した後、こう言った。

「お父さんと過ごせるのが今年で最後なら、今日は早めに帰りなさい。あとは、私達と独り身の男どもでやるから」と。

「……彼女とお父上の物語は、ハッピーエンドで終わりそうですね」

「ええ。亜門のところへ戻りましょう」

私はそう言ってコンビニを出る。しかし、アザリアは顔を曇らせた。

「そうしたいところなのですが――」

「どうしたんですか？」

「そろそろお暇《いとま》しなくてはなりません。もうすぐ日暮れです。降誕祭が始まりますからね」

アザリアは残念そうに微笑む。

「あ、そっか。アザリアさんも忙しいんですもんね」

「カザネのようなもの達が、人の子が幸せに過ごせるようにと目を光らせておりまして」

「そこで悪しきものがいたら、一刀両断って感じですかね」

お巡りさんのようなものだろうか。そう考えると、恐ろしかった彼も、頼もしい存在に思える。

「私は、そんな彼らが怪我《けが》をしたらその治療を、無礼を働いていたらその謝罪をしなくてはなりません」

「なんて面倒くさそうな仕事なんだ……！」

思わず本音が漏れる。お巡りさんのお巡りさんか。

「降誕祭の期間中は、ノルマが二倍になりますからね。彼らも必死なのです」

「……相変わらず、世知辛いなぁ」

せめて、彼らに関係のない行事の時は、ゆっくりと羽を休めて欲しい。

「そのため、異教の神々にご無礼を働くことがありましてね。私個人としては、郷に入っては郷に従えという気持ちなので、八百万《やおよろず》の神の国では、異教の神に刃を向けないで欲しいのです」

風音がコバルトに襲い掛かった時のことを思い出す。あんな恐ろしい戦いが、今日も何処かで繰り広げられているかと想像すると、頭が痛くなる。

「それにしても、今回は勉強になりました。幸いは与えるものではなく、摑《つか》み取らせるものだと。人間に寄り添ってきっかけを与えるのもまた、我らの大切な仕事なのですね」

「ええ、たぶん。背中を押してもらうことで進めることもあるでしょうし、教えて貰うことですべきことが分かることもあるでしょうし」

〝クリスマス・キャロル〟のスクルージだって、精霊から明るい未来を与えられたわけではない。精霊にきっかけを貰うことで、明るい未来へ歩み出したのだ。

「与えられた幸せだと、その大切さに気付かないのかもしれませんね。自分で掴んだ幸せだったら、大事にするのかも」

「そのお言葉も、自らへの戒めとしてとっておきましょう」

「えっ、いいですよ。忘れて下さい！」

「いいえ。人の子を導く私がこう言っては何ですが、私達も、人から学ぶべきことがあるのだと実感しました」

アザリアは真摯《しんし》にそう言ってくれた。

「その、アザリアさんもお身体にお気をつけて。って、癒しの天使にそんなことを言うのも、無粋ですけど」

「いいえ。そのお気遣いが嬉《うれ》しいのです。ツカサも、お元気で」

アザリアはそう言って、私を見送ってくれた。

私も彼に一礼して、神保町へ戻るべく、来た道を歩み出したのであった。

私は買い物を少しばかり済ませ、神保町へと戻る。

新刊書店は、相変わらず混んでいた。夕刻となったため、会社を退勤した人達がやって来たのだろう。彼らや彼女らは、今日はサンタクロースになって、家族に本を届けるのだ。レジで長蛇の列を作るお客さんと、その対応に追われる従業員を見守りつつ、〝止まり木〟へと向かう。

「お帰りなさいませ。待ち侘《わ》びておりましたぞ」

扉を開くなり、珈琲の香りと亜門が迎えてくれる。

「ただいま戻りました。陽菜さんの件、上手く行ったと思うんですけど……」

「では、本を見てみましょう。この時間ですし、変化があったはずですぞ」

亜門が示したテーブルの上には、件の本が開かれていた。私と亜門は席を並べ、その内容を覗き込む。

「あっ、続きが……」

本には続きが記されていた。その内容は、こうだった。

本の持ち主である男性は、今年も何とか定時で上がり、ケーキとチキンを買って帰宅する。内心は、あまり期待していなかった。今年もきっと、独りで過ごすのだろうと思っていた。

　しかし、男性がキッチンで夕食の準備をしようとしていると、「ただいま！」という元気な声が、玄関から聞こえて来た。

「陽菜！」

「あ、ホントだ。親父、帰って来てるじゃん」

「あ、ああ。何とか定時で帰して貰ったんだ。今日はその、クリスマス・イブだし、お前と一緒に、その……」

「はいはい。分かってるって。ほら」

　陽菜は手にしていた箱を掲げる。

「ケーキだよ。店長がおごってくれたの。お父さんと一緒に食べなさい、だってさ。あと、チキンも買ってきたよ」

「えっ。ケーキとチキンなら、俺も買って来ちゃったぞ？」

「ええー！　それじゃあ、ケーキとチキンパーティーじゃん」

　陽菜は不満を漏らすものの、次の瞬間、ぷっと噴き出す。

「ホント、おかしいね。ちゃんと、連絡取れば良かった」

「そうだな。でも、ケーキとチキンパーティーも悪くないんじゃないか？」

「野菜無いのに？」

「今日くらい野菜を食べなくても、母さんは怒らないよ」

男性はキッチンに飾られた、家族三人で写っている写真を見つめる。その中で、妻は弾《はじ》けんばかりの笑顔だった。こちらを見て、笑っているようにも見えた。

「あっ、シャンメリーも買ってないや。生姜湯でいい？　生姜と蜂蜜はあるんだけど」

「お前、クリスマスに生姜湯って……」

男性は呆《あき》れるものの、「まあ、いいや」と肩をすくめた。

「それにしても、俺も早く帰ってることをお前に言ってなかったもんな。今更気付いたよ。ちゃんと伝えておけばよかった、って」

「そうだね。ま、あたしも気を付けようっと」

ポットに水を注ぎながら、陽菜は頷いた。

「ところで、お前に俺のことを教えたのは誰だ？　もしかして、眼鏡の〝魔法使い〟か？」

「なにその胡散臭《うさんくさ》い人。あたしの所に来たのは、サイゼリヤの壁画みたいなイケメンだよ」

「サイゼリヤの壁画……？　そう言えば、〝最後の晩餐〟や〝受胎告知〟なんかがあったな。――なあ、陽菜。それはきっと、天使かもしれないよ」

「天使ィ？」

陽菜は、「あはははっ」と大声をあげて笑った。

「親父は相変わらず、メルヘンチックなんだから。魔法使いとか天使とか、いるわけないじゃん」

ポットのコンセントを差し込み、お湯を沸かし始める。陽菜は二人が買った大量のチキンの箱を開け、男性は大きな皿を用意する。

「笑うことないだろう。居たらその、色々と面白いじゃないか……！」

「はいはい。そうだね」

陽菜は窓の外を見やる。

陽が沈んだ街に、白いものがちらつき始めた。

雪だ。ふわふわした大粒の牡丹《ぼたん》雪が、ちらほらと空から舞い降りる。

「でも確かに。そういうひと達がいたら、素敵だね」

降り注ぐ雪が天使の羽根のようだと、陽菜は言った。その横顔は彼女の母親によく似て、すっかり美しくなっていた。

「――どうやら、明るい未来に繋がったようですな」

亜門が本を閉じると、箔押しで〝クリスマス・キャロルは娘と共に〟というタイトルが記されていた。

その表紙を撫《な》でる亜門は、幸せそうだった。そんな姿を見たら、こちらまで頬が緩んでしまう。

「やはり、クリスマスの物語は天使に紡いで頂かなくては。アザリア殿は、流石でしたな」

「何が必要かお見通しだったあなたも、流石だと思いますけどね」

私は肩をすくめる。亜門は「恐縮です」と目礼を返した。

「〝クリスマス・キャロル〟の中に、『死者の群の不幸は、この世に善をほどこしたいと気は焦りながら、すでにその力を失っていることによる』とあります。幸せを与える方にもタイミングが必要だというのも、なかなかに難しい話ですな」

「……そう、ですね」

だが、陽菜とその父親は間に合った。今年も陽菜が間に合わなければ、お互いがお互いを思いやる気持ちも伝わらず、幸福でなくなっていたかもしれない。

「何事も、チャンスを逃してはいけないということですよね。ということで、僕もチャンスを逃さないようにしようと思います」

「司君？」

きょとんとする亜門の前で、バッグを漁る。中から、包装紙に丁寧に包まれた箱を取り出した。

「メリー・クリスマス……って、あなたに言うのも気が引けますけど。兎に角、受け取って下さい」

「私に、贈り物ですか？」

「まあ、安物なんですけど……」

尤も、私にとっては充分に高価だが。

亜門は丁寧に包装紙を剝《は》がす。包まれていた小さな箱を開けて、ハッと息を呑《の》んだ。

「これは……」

「そ、その、あなたに似合うかと思って……。き、気に食わなかったらつけなくても良いですし。貰ってくれるだけでも、有り難いんで……」

それは、銀のタイピンだった。開かれた本を模した装飾が施されている。

亜門はしばらくの間、目を見開いたままだった。それがやがて、笑顔に変わる。顔を綻《ほころ》ばせ、幸せそうに目を細めた。

「有り難く頂戴《ちょうだい》致します。付けてみても？」

「勿論です！」

亜門は箱から丁寧にタイピンを取り出すと、慣れた様子でネクタイに添える。彼がタイピンをつけると、それは一層輝きを増したように見えた。

「いかがでしょうかな？」

「似合ってます！　すごく！」

「そんなに称賛されると、照れますな」

　亜門は満更でもなさそうだ。

「しかし、あなたに贈り物を用意し損ねてしまいましたな。明日にでも、買い物に出掛けますか？」

「え、い、いえ。僕は、亜門が喜んでくれたのがもう、プレゼントみたいなものなんで」

「謙虚な方ですな。もっと、欲張りになっても良いのですぞ」

　亜門がくすりと笑う。

　だが、本当にそれが一番の贈り物だった。私のそばで、彼が喜び、彼が笑ってくれることが嬉しかった。

　一分でも、一秒でも、一瞬でも、その時間が長くあって欲しい。

　そう伝えようとした、その時だった。

「御機嫌よう、本の隠者とその友人よ！」

　バターンと扉を開け放ち、嵐《あらし》のように青が舞い込む。

「コバルト殿。お待ちしておりましたぞ」

「めかしこんでいたら、すっかり遅くなってしまってね！」

　コバルトのレースやフリルは、いつもの三割増しだった。そのデコレーションっぷりは、最早《もはや》、クリスマスツリーのようだった。

「ほらほら、早くテーブルを並べたまえ。お菓子はたくさん作って来たぞ！　ミートパイもある！」

「司君。テーブルを移動させるのを手伝ってくれますかな？」

「えっ、むしろそんなの、僕一人でやりますよ⁉　おふたりはどっしりと構えていて下さい！」

　貴族ふたりを座らせて、自ら労働役を買って出る。

「何から何まで、今日はあなたの世話になりっ放しですな」

「いえいえ。むしろ、いつもお世話になってますし……」

「そう言えば、コバルト殿。七面鳥にホロホロ鳥は用意して下さいましたかな？」

「勿論だとも！　活《い》きの良いのを用意したぞ！　ここで解体しよう！」

　コバルトは、右手に七面鳥、左手にホロホロ鳥を持ち、意気揚々と言い放つ。もがくように羽ばたく二羽を前に、亜門はそっと視線をそらした。

「司君。机を並べ終えたら、カウンターにあるオードブルを並べて頂けますかな？」

「は、はい……」

「その前に解体ショーをしないか？　盛り上がるぞ！」

「……返り血が本につくので嫌です」

　ひとりで盛り上がるコバルトに、亜門がきっぱりと言った。そもそも、拒否をする基準がそこなのかと口を出したくなったが、彼らは非常に古い神だったようだし、その辺りの感覚は違うのだろう。

その後、降誕祭という名目の交流を深めるパーティーは、翌朝まで続いたのであった。

ハルキ文庫

あ 26-3

幻想古書店《げんそうこしょてん》で珈琲《こーひー》を　賢者《けんじゃ》たちの秘密《ひみつ》

著者　蒼月海里《あおつきかいり》

2016年9月18日第一刷発行
2017年9月28日第三刷発行

発行者　角川春樹

発行所　株式会社角川春樹事務所
〒102-0074 東京都千代田区九段南2-1-30 イタリア文化会館

電話　03（3263）5247（編集）
03（3263）5881（営業）

印刷・製本　中央精版印刷株式会社

フォーマット・デザイン　芦澤泰偉
表紙イラストレーション　門坂 流

ISBN978-4-7584-4030-1 C0193 ©2016 Kairi Aotsuki Printed in Japan
http://www.kadokawaharuki.co.jp/［営業］
fanmail@kadokawaharuki.co.jp［編集］　ご意見・ご感想をお寄せください。

〈 蒼月海里の本 〉

幻想古書店で珈琲を

大学を卒業して入社した会社がすぐに倒産し、無職となってしまった名取司《なとりつかさ》が、どこからともなく漂う珈琲の香りに誘われ、古書店『止まり木』に迷い込む。そこには、自らを魔法使いだと名乗る店主・亜門《あもん》がいた。この魔法使いによると、『止まり木』は、本や人との「縁《えん》」を失くした者の前にだけ現れる不思議な古書店らしい。ひょんなことからこの古書店で働くことになった司だが、ある日、亜門の本当の正体を知ることになる——。切なくも、ちょっぴり愉快な、本と人で紡がれた心がホッとする物語。

ハルキ文庫